Finale Fantaisie

DU MÊME AUTEUR

Chez le même éditeur

À L'ABRI DU DÉCLIN DU MONDE, 2012

LES JOURS ET LES JOURS, 2015

François Cusset

Finale Fantaisie

P.O.L
33, rue Saint-André-des-Arts, Paris 6e

ISBN : 978-2-8180-5511-3
www.pol-editeur.com

À Karine

Pour Rosine

On sucre tous les fraises

Disparaître ne va pas de soi – et prend un certain temps. Il y a ce corps, de plus en plus encombrant, qui va se tasser, ralentir, se voûter. Se replier sur sa survie. Et à mesure qu'il se fait moins agité, moins nécessaire, ce corps va se soustraire à la vue, s'effacer doucement comme s'efface l'anodin, calmement, ce qui tombe sans peser. Vieillir est quelque chose comme cette pente-là, calme, anodine, cette descente discrète d'un point à l'autre, désolé d'être là, dans cette chute sans fin, sans bruit, parmi l'indifférence du monde. Car dans les rues peuplées, où l'œil furète, où le singulier se détache toujours, personne ne voit jamais les vieux. On voit bien les enfants, lutins trop énergiques pour passer inaperçus. On voit les jeunes ténébreux, parce qu'ils sont ténébreux. On voit les jolies femmes, parce qu'elles sont jolies. On voit les femmes nettement moins jolies, parce qu'elles sont nettement moins jolies. On voit les rupins, leur ostentation parfumée, et on voit les plus pauvres, leur égarement hirsute. On voit les corps qui peinent et les peaux moins blanches, tant la différence nous demeure peu familière. On voit les gyrophares et les crottes de chien, tout ce qui est à éviter. On voit tout, mais pas les vieux. Jamais. Ils sont partout, mais invisibles. On peut les regarder, prêter attention à leur cheminement difficile, leur paletot incommode, leur prêter main-forte aussi, ou une oreille charitable, mais dans l'élan de ses trajets on ne les voit pas. On les dépasse sans le savoir, et ne voit à leur place que le sillon d'un effacement. C'est ça : la trace légère d'une disparition. On voit des gens que leur façon d'échapper à la vue révèle pour ce qu'ils sont, le révèle d'une telle façon qu'on le comprend et l'oublie d'un même souffle : ils sont ceux qui ne sont déjà plus là. Car ils s'éloignent déjà, si lentement, sans qu'on les ait vus s'éloigner. Ils ont disparu – alors qu'à lever le nez on voit bien qu'ils sont encore là, un tout petit peu plus loin, traversant la prochaine rue avec la même patience engourdie, la même difficulté pudique qui auraient dû les rendre visibles et qui, flagrantes pourtant, là, devant nous, les ont effacés de nos rétines, effacés de nos désirs et de nos croyances. Puisqu'on ne veut pas le savoir, qu'on va y passer.

J'en fais partie, de ces vieux qu'on ne voit plus. De ces traces déjà disparues. J'aurais pu m'en réjouir. Dans nos villes où tant de mirettes sont aux aguets, ne plus être vu pourrait être une chance, ne plus être visible une condition enviable, s'il n'était question aussi, à même ce pas lourd, cette peau ravinée, de bientôt n'être plus, du tout. D'être arraché à la vue parce que je vais l'être à la vie. C'est à peu près ce que nous sentons, moi et les gens comme moi. Lui le boiteux, elle la ralentie, nos corps fripés et invisibles qui alanguissent les rues : nous portons tous sur nous, en nous, une vérité que nous essayons poliment de dissimuler, en nous faisant discrets, et que les autres essaient moins poliment d'oublier, en ne nous regardant plus. Une vérité parfaitement loufoque : nous allons y passer très bientôt, l'impensable échéance est pour très bientôt. Cet impensable me sidère, il me réveille d'un coup. Car le dernier duel qui nous agite encore – autrement crucial que les dilemmes de nos cadets, les hésitations banales des jeunes immortels – se joue en nous entre l'effroi de ce bientôt-là et le soulagement d'un sursis, la sensation d'être en sursis. Duel incertain, épuisant, qui fait passer par des instants de rage, d'incrédulité, de répit puis d'abomination, duel invisible à ceux qui ne l'abritent pas. Je devrais ne plus être : certitude inadmissible que cela est vrai, mais soulagement suprême que je sois là pour le dire, indissociables.

C'est une si folle pensée, celle d'avoir passé la date de péremption. C'est une si folle pensée qu'elle est peut-être, si ça se trouve, ce qui fait disparaître à la vue les corps des vieux dans la rue. Comme elle est, en sens inverse, ce qui fait disparaître à notre vue tout ce qui n'est pas nous, tout ce qui a l'impudence de nous survivre : tout ce qui oublie sa propre échéance – que nous connaissons, mais ne lui dirons pas. Ce n'est pas parce qu'on va disparaître qu'il faut dire à tout le reste qu'il va faire de même. Pourtant, la tentation de le dire est grande, si grande, dès qu'on est débordé par la peur ou le sentiment d'injustice.

J'aimerais tellement de mon côté que ce ne soit pas le cas ; j'aimerais tellement moi-même n'être que le peintre de ce paysage vaporeux, ne pas y figurer. Mais il se trouve que nous en sommes, mes amis et moi, de ces vieux qui s'effacent à petits pas. De ces vieux dont personne ne soupçonne qu'ils abritent ce drôle de duel, ce duel indécis entre un froussard et un viveur, entre un qui se morfond, se fond déjà dans la mort, et un qui grappille, pille encore un peu dans le gras de ce qu'il lui reste de vie – lutte acharnée qui me déchire à mon tour, qui déchire chacun de nous, lutte inimaginable derrière nos allures bonhommes, nos airs revêches, nos gestes las.

Car on est arrivé, nous autres, à ce moment, la fin d'après-midi de la vie – le soir, n'y pensons pas –, où durer ne va plus de soi. Où durer est devenu un effort, le seul projet, combat de tous les instants. En même temps qu'un naufrage, et un massacre, ces refrains trop connus, vieillir est une lutte : c'est ça qu'on pressent, encore brumeux, vers le début de la fin de l'après-midi. Et c'est à ça, je crois, que je voulais en venir. Car tout y mène, tout ne mène à rien d'autre qu'à ça. À ce grand rendez-vous, dont les prémices sont plus ou moins longues et dont l'importance nimbe d'une grandeur discrète nos vies mineures, diminuées. C'est l'unique rendez-vous d'une vie, et c'est toujours un rendez-vous compte. L'autre jour, en fin d'après-midi justement, on s'est retrouvés tous les quatre pour le thé, au salon – le thé, quelle drôle d'idée, bon, l'un de nous quatre, qui est une, a opté pour un verre de vin blanc, mais la question n'est pas là : on était au salon, donc, penchés au-dessus de la table basse de verre et de métal, à croiser nos mains dans tous les sens pour se servir avec la théière ventrue, attraper un sucre, retirer le sachet du liquide trop foncé, se saisir du verre de vin, et nos mains à tous, croisées là, tremblaient, oui, nos mains tremblaient, toutes. Elles tremblaient à des degrés divers, l'une en soubresauts incontrôlables, une autre en revanche à peine, la mienne par intermittence seulement – mais nos mains tremblaient.

D'un tremblement ordinaire, pas d'un tremblement de panique, d'hypoglycémie, de crise épileptique, non, aucun événement, finis les événements : nos mains tremblaient on ne peut plus normalement, elles tremblaient dans un moment normal, cérémonie du thé, quotidienne, domestique, à peine bavarde. Et c'est elle qui l'a dit, verre de quincy en main, plus désinhibée peut-être que par le triste thé vert, qu'elle-même prend d'habitude. C'est elle qui l'a dit : « Vous avez vu ? on sucre tous les fraises ! » Comme si cette fin d'après-midi de la vie consistait à saupoudrer sans cesse du sucre de canne au-dessus de nos fruits rouges, ou de tout le reste, involontairement, machinalement. La tremblote terminale, doucereuse. Le soir de la vie, à ce rythme, promet d'être un sacré soubresaut.

On l'a regardée tous les trois une seconde, prêts à la remercier pour ses formules désuètes, fleuries. Puis on a baissé le regard et scruté nos mains plus longuement, les laissant exposées au-dessus de la table basse comme si on avait voulu en faire un diagnostic. Et cette fois, ce n'est pas leur vibration chaotique qui nous a frappés, mais plutôt leur aspect général, leur aspect sur lequel en général on ne s'arrête pas, parce qu'il faut bien vivre, se battre pour continuer à vivre : doigts torves, enflés par endroits, pouces qui rebiquent, dernières phalanges obliques, pas du tout dans la continuité du doigt, paumes concaves, brunâtres, plats de la main creusés de ridules et constellés de taches, marron et bleu les taches. Des mains de sorcières de dessin animé, des mains de monstres de film d'horreur, des mains de grands-parents malodorants dans nos souvenirs d'enfance. Des mains en noir et blanc, caricatures d'elles-mêmes, si vraies pourtant, les nôtres. « Ouah... des mains de croquemitaine... nous qui n'avons jamais tué personne... » Ça aussi, elle a bien fait de le préciser : on est innocents, on n'a jamais rien fait de mal, de vraiment mal – hélas, d'ailleurs –, on est des enfants cacochymes, aux doigts torves et aux mains qui tremblent. Trembler nous est devenu une façon de respirer, de palpiter. C'est une infime perte de maîtrise de nos corps à côté de celles qui nous attendent – la vessie, la mémoire, l'aorte –, mais c'en est une, imparable, comme l'est la mue de nos mains. Ce tremblement nous fait honte, parfois. On appréhende les situations où on ne pourra pas le cacher, au restaurant face à quelqu'un, en récupérant la monnaie du pain. On essaie d'utiliser la main qui tremble le moins, ou d'arrêter net le geste en espérant qu'en le reprenant il aura cessé d'être tremblant. On essaie de l'oublier, surtout. On n'y repense qu'en le constatant chez d'autres, face à qui il déclenche tout de suite, vague tendresse dégoûtée, un sentiment puissant de solidarité, de commune appartenance. Appartenir au néant, à ce qui tremble avant de disparaître. La vieillesse est une humiliation.

Et une douleur. Une douleur plus ou moins vive, plus ou moins sourde, mais de chaque instant, de chaque bout du corps. La douleur occupe toutes nos journées ; elle me rappelle à elle en permanence, elle scie toutes mes phrases. Les genoux qui lancent. Les jambes qui pèsent. Les chevilles qui cinglent. Les hanches qui rouillent. Le dos qui peine. Les coudes qui tourmentent. Les épaules qui ploient. Les os qui cherchent à percer l'enveloppe. Le cœur qui s'affole pour un rien. La poitrine qui n'a plus assez de place. Les tempes qui bourdonnent. La tête qui oppresse. La nuque qui afflige. La peau qui fourmille. Les organes qui s'encroûtent. Les intestins qui ne font plus leur boulot. Ça fait mal de partout, sans raison. Corps en miettes. Chaque partie du corps est près de se détacher de l'ensemble, existant soudain d'autant plus qu'elle vient rappeler, d'un picotement, d'une simple surcharge, la folle bataille engagée dont le dénouement est joué d'avance. Du cadavre on a déjà la raideur, se dit-on pour détendre l'atmosphère : il faut dire que cette douleur constante, avant d'affecter l'âme ou d'annoncer le pire, signale d'abord la fin du mouvement, la fin de tout mouvement. Se relever quand on était assis, s'asseoir depuis la station debout, se plier s'il le faut vraiment, se tourner d'un coup, le matin enfiler nos chaussettes ou nos chaussures, celui-là difficile à accomplir sans aide – la douleur commence là : autant d'épreuves, de missions impossibles qu'on accomplira tant bien que mal, retenant le râle, camouflant la grimace. Au réveil c'est la gifle, immanquable : chaque parcelle de la masse alitée sait que se remettre debout va relancer toutes les douleurs. On sait, d'un savoir sûr, qu'on serait mieux immobile, que le refus de se lever est une sérieuse option, une dernière possibilité, pas du tout un enfantillage. On préférerait tellement bondir hors du lit pour aller faire ce qu'on a à faire, mais on ne peut plus le faire, cloué là. De même qu'on aimerait plus que tout pouvoir encore voyager – oh oui, voyager, même si on en a perdu les saveurs, perdu jusqu'au souvenir. Mais ces corps si difficiles à mouvoir ne le peuvent plus depuis longtemps. L'ère des voyages, qui a illuminé nos vies, la mienne en tout cas, est révolue depuis belle lurette. L'un de nos derniers voyages, pathétique d'asthénie et de gaucherie bavarde, a consisté à accompagner l'une d'entre nous qui rendait visite à son premier mari, il y a quelques années, sur les bords si propres du lac de Constance : le nom déjà sentait la grisaille et l'éternité, plus que la réglisse et les cadavres de chien comme ça sent, paraît-il, sur la Khyber Pass – dont on est décidément loin, tellement loin.

Enfin voilà le tableau, plus ou moins. Vous croyez le connaître, avec ses couleurs blafardes, ses désagréments mille fois racontés, mais on ne le connaît qu'en y étant, pas avant. Croyez-moi. Le corps de plaisir qu'on se rappelle avoir eu, ce corps dont on regrette de ne pas avoir profité davantage, n'est plus qu'un corps de souffrance. Mon corps qui n'avait jamais vraiment existé comme corps, sauf à l'effort ou dans la volupté, je me prends à rêver qu'à nouveau, pour quelques minutes, le temps d'un répit, il ne se manifeste plus, qu'il se fasse oublier comme corps. Ça arrive, bien sûr, mais de plus en plus rarement. Et jamais sans le secours des bons vieux adjuvants : l'alcool, le rire, parfois la nostalgie, plus rarement le yoga ou le recueillement, s'ils arrivent à faire taire le corps, la présence aussi des copains ou des enfants, ou bien l'attention subitement resserrée, un instant exigeante, à ce qu'on est en train de lire ou de penser. Le reste du temps il prend toute la place, ce corps, et on le hait, on le maudit. On enrage jour et nuit contre lui.

Et contre sa lenteur. Parce qu'il y a sa lenteur aussi. On est si lents, tous les quatre. À l'intérieur c'est la course effrénée vers le vide ; mais à même le corps, c'est le ralenti de tout. La fonte des muscles et le relâchement général font du corps un bloc atone, masse flasque et stationnaire, toujours pataude, traînante, retardataire. On regarde les trains passer. On regarde les sveltes et les pressés nous dépasser. On regarde les jambes qui dévalent les escaliers, qui en sautent les marches, en gravissent la pente en quelques pas de géant, on les regarde avec une jalousie qui confine au rêve pur, au regret rêveur d'un monde disparu. Monter et descendre sans y penser, c'est notre château en Espagne. Parce qu'il faut s'accrocher à la rampe, veiller pour chaque marche à la déclivité du corps, rigide, qui risque toujours de basculer. Il faut le remettre droit pour la marche suivante, poser à nouveau un pied à tâtons, les compter et les aborder toutes, ces marches, comme autant d'étapes, de paliers, le long d'un Golgotha qu'on sait devenir de plus en plus pentu avec les années. L'univers peu à peu se fait plus adverse, moins praticable. Un lit en hauteur ou un salon simplement surélevé de quelques marches sont à nos corps perclus ce qu'un verre de rhum serait à un enfant, expérience trop forte, danger inutile. Et dans ce monde dont on n'avait jamais envisagé la verticalité, redouté les raidillons et les dénivelés, nos alliés ont des noms banals, auxquels on n'avait jamais fait attention : ascenseur, plain-pied, chemin plat, rez-de-chaussée. L'inconcevable lenteur de nos déplacements, de nos gestes, est le résultat mathématique d'une somme de soustractions : moindre articulation plus moindre énergie. L'addition d'une perte de flexibilité et d'une fatigue générale. Cette dernière, énorme, est aussi pesante que le nom d'un destin, le nôtre et celui de tous nos contemporains. Et encore, fatigue fait trop ponctuel, trop anodin ; il aurait fallu inventer un mot pour dire la nôtre.

La seule limite à notre fatigue inexorable est la force de l'esprit : qui en veut encore, qui projette, désire, escompte, ou juste qui attend son voisin distrayant pour le scrabble rituel de six heures du soir, ressentira moins la fatigue, y substituant la ferveur de l'attente, ce muscle des fortes têtes. Mon agenda est trop clairsemé pour que j'aie besoin d'en avoir un, mais le peu qui s'y inscrit a la couleur de la providence. La mort arrive à qui n'attend plus rien, se dit-on aussi, pour tenir. Cette fois, attendre, attendre quelqu'un ou quelque chose, au lieu de nous fatiguer comme ce fut le cas des décennies durant, peut au contraire nous la faire oublier, notre fatigue chronique. Attendre, mon aubaine. À condition de rester tranquille, bien sûr, ni nerveux ni végétatif. À la caisse du supermarché, quand il y avait encore des caissières, j'avais toujours été impatient, fulminant derrière la petite vieille maladroite ou le jeune couple qui musardait ; j'y suis désormais d'un calme olympien, un peu plus rapide que les autres vieillards mais tellement plus patient qu'avant, attendri même par tout ce qui englue les corps dans un temps ralenti, une léthargie passagère.

C'est une vie pleine de vide, en fin de compte, que la nôtre, une vie dans laquelle l'énergie, la vitesse et la santé nous seraient de peu d'utilité – oui, pour adoucir le regret je me dis qu'on n'aurait plus rien à en faire, de toute façon. C'est une vie qui n'est encore une vie que par l'effet de l'habitude, avec sa répétition rassurante : courses, repas, ménage, médecins, appels des enfants. L'habitude de chaque chose tient lieu de nécessité, elle remplace l'événement. Nos guerres du Péloponnèse, c'est la traversée de l'appartement à deux à l'heure ou le retour quotidien de chez le primeur. Nos orgies dionysiaques, c'est le déjeuner paisible ou le dîner de copains, tremblotants et voûtés. C'est une vie monotone que ne viennent bousculer, et encore, parfois à peine, que la disparition d'untel, l'oubli d'un pan entier de l'existence ou la réduction soudaine, accidentelle, de nos capacités physiques d'un cran de plus. Une chute de niveau, comme ces marches d'escalier qu'on a tant de peine à descendre. C'est une vie envahie par l'absence, une vie où nos pas lents transportent avec eux tout un peuple d'absents : les disparus, les effacés, le passé surgelé, l'avenir inexistant, les voyages qu'on ne fera plus dans des paysages qu'on ne verra plus, les mille lieux aimés où on ne mettra plus les pieds. Et le grand absent, celui qu'on ne découvre enfin qu'à notre âge avancé, dont on découvre l'absence, c'est le but de la vie : il n'y en a aucun, de but à la vie. Il m'a fallu ce long trajet pour le comprendre, pour admettre que la vie n'est finalement qu'une longue passion inutile, le désenchantement de tous les buts possibles. C'est peut-être cette absence de but qui finit par donner à nos vies, au jour le jour, la forme exacte de l'ennui. Oh juste l'ennui, léger, permanent. Un ennui étourdi, plus ou moins serein, plus ou moins fataliste, mais un ennui de chaque instant, qu'on trompe de plus en plus difficilement.

Ces corps qu'on sort encore un tout petit peu, on peut toujours les vêtir – j'y pense, à l'instant, parce qu'un frisson de froid m'a parcouru et que j'ai enfilé machinalement mon chandail gris, celui dont j'ai senti le volume sur le dossier de mon fauteuil, comme j'en sens maintenant la maille un peu trop lourde sur mes épaules. Oui, s'habiller, on fait ça encore. Nos corps difformes, dépendants, dont le soin quotidien, fastidieux, et la nudité inquiétante entrevue dans le miroir ne sont jamais pour nous réjouir, ces corps, on a encore avec eux cette vague satisfaction, petite feinte pour oublier leur chair : les recouvrir, les faire disparaître derrière des habits agréables, derrière le plaisir d'aller les choisir, ses habits. On se sent et on se sait tellement moches, ou on a tellement peur de l'être, mais on trouve quand même que l'habit pomponne, qu'il peut encore un tout petit peu faire diversion. Il nous épuise à enfiler mais il nous pose là, singulier encore. Je nous regarde tous les quatre, et c'est ce que je vois : sobre élégance pour l'un, refus manifeste chez l'autre de porter sur lui les nippes de son âge, jusqu'à risquer les Converse et la veste en jean, prude coquetterie de l'une et plaisir secret de l'autre à insinuer entre sa peau et le monde une membrane fine, flottante, ample mais quand même pimpante. Le vêtement est d'inégale importance pour chacun de nous ; mais pour tous il joue ce rôle de nous maintenir parmi les vivants. De contrarier la vieillesse, d'en arrondir les angles. De nous offrir le droit à nous aussi, tout le hideux morbide soudain oublié, de jouer encore un peu au jeu de l'apparence – dût-on être aussi peu crédibles, à ce jeu, que les enfants quand ils essaient les atours des parents ou les panoplies de leur héros favori. À cette différence près qu'on ne cherche pas, nous autres, à ressembler à papa ou maman mais à un vivant, à incarner un héros vénéré mais un simple vivant. La sape ne m'avait jamais intéressé. Elle ne m'intéresse toujours pas, ça se voit ; mais j'en discerne enfin la fonction cardinale, tant il est vrai que s'habiller pour sortir faire une course et s'autoriser le luxe d'un tout petit peu d'afféterie sont plus sûrement que tous nos bavardages ce qui nous distingue des alités à vie et des enterrés pour de bon.

Tout ça est évident pour nous, impensable pour vous. Et mon petit guide de voyage au pays des vieux ne serait pas complet si je n'ajoutais une dernière région, incontournable : pour limiter nos tremblements, calmer nos douleurs, combattre fatigue et lenteur – pour aller le moins mal possible, notre unique objectif puisqu'on n'en a plus d'autres –, il y a les médocs. Des tiroirs de médocs. Des caisses de médocs. Des fioles et des bocaux à nos noms pleins de médocs. Des ordonnances scotchées au mur et des noms sur les boîtes plus familiers que ceux de nos propres enfants, depuis les saloperies qui enrichissent les grands labos jusqu'aux potions d'ancêtres et aux remèdes de sorciers. Et toute cette veine naturo-phyto-homéo-moncoco dans laquelle on est tombés à des degrés divers, sur les conseils d'un neveu aimant ou d'une copine certaine d'avoir « boosté son système immunitaire ». Ordinaires ou expérimentaux, des médocs il y en a partout, dans toutes les pièces de la maison, pilules et comprimés étalés trois fois par jour sur le comptoir de la cuisine ou la table de chevet. On a tous les quatre des étiquettes personnalisées pour distinguer nos boîtes et ne pas risquer de les intervertir. On a une alerte sur nos téléphones quand le stock d'un d'entre eux est presque vide. On a des sources d'info concurrentes – et des débats houleux, parfois, en les comparant – sur les vertus et les dangers de tel médoc, son renom officiel et ses sombres secrets. On a perdu l'habitude, depuis si longtemps, d'un repas, d'un réveil ou d'un coucher que n'accompagneraient pas, comme les béquilles soutiennent l'unijambiste, nos cachets indénombrables, leur nuancier bien connu de formes et de couleurs. Ces ronds, ces carrés, ces triangles – tellement plus petits à la fin de la vie que ceux qu'on devait insérer dans nos boîtes à formes au tout début de nos vies –, il n'est plus concevable de faire sans; il n'est plus concevable de ne pas tâcher de survivre, de ne pas protéger nos santés. Je regrette tellement l'époque où je ne la protégeais pas, ma santé, quand un pétard de trop ou un dernier shot me clouaient sur place, comateux, ravagé, petites overdoses que seuls les vrais vivants se permettent. Protéger sa santé : ce truc des ennuyeux, des conformistes, qui toujours survivront, injustement, inutilement, à ceux qui ne se protègent pas, à tous ceux que l'excès de vie en eux, l'amour de la défonce ou la déraison de l'alcool empêcheront d'y veiller, et qui partiront les premiers. Pour peu que j'y repense, comme là tout de suite, ça m'injecte une dose de nostalgie, cuisante, secrète; car pour nous c'est fini tout ça. Il ne nous reste que la mosaïque des médocs. L'arc-en-ciel des médocs. La posologie des médocs. De notre état à tous, désormais, cet arsenal partout déployé est la face la plus triste, la plus laide – c'est ce qu'on se répète tous les quatre –, aussi laide que les intérieurs bien rangés des placards d'hôpital. On pense qu'on n'a plus le choix. On laisse l'habitude et la convention décider. On est des armoires à pharmacie, comme tous les vieux.

Mais si on prend des pilules et la peine encore de s'habiller, c'est qu'on n'est pas non plus entièrement grabataires, harnachés au lit et au déambulateur comme à la camisole de survie. Nos corps fripés, ultimement désérotisés, surmédicamentés, on peut encore en faire quelque chose. Si on les entretient un peu, si on les économise. Pas une partie de jambes en l'air, hélas, ni un cent dix mètres haies. Mais des caresses furtives, irrésolues, des promenades plus ou moins longues aussi, pour de plus ou moins longues minutes, ou des stations prolongées sous une banderole devant un ministère hostile, pour rigoler, et pour peu qu'un parpaing nous y offre une assise de fortune. Ou même, comme la dernière fois – miracle des corps collectifs, et des cercles concentriques –, l'initiative prise par deux d'entre nous, moi compris, de rejoindre le large cercle de ceux qui entouraient, en se tenant la main, la vingtaine de CRS entourant eux-mêmes une poignée de manifestants pris au piège : encercler les encercleurs, nasser les nasseurs, même pour quelques minutes (après ça a été la dispersion, et ces jeunes qui nous ont aidés à nous éloigner), ça nous avait mis du baume au cœur. Double cadeau :

une victoire politique symbolique et l'impression d'une égalité des corps entre mobilisés de tous âges. Pas mal, on s'était dit. Oui, on a beau monter deux étages dans le temps qu'il faut à un jeune corps pour traverser l'arrondissement, on peut encore participer à quelques minutes de flashmobs, les pieds à plat sur le bitume et les cordes vocales en extase.

La manif, évidemment, c'est l'exception ; les médocs et les tourments qu'on traîne dans tout l'appartement, c'est la routine. Cela dit, je ne voudrais surtout pas laisser croire à notre complaisance dans le délabrement. Car des dysfonctionnements de nos organismes, innombrables et chaque jour plus nombreux, on parle entre nous le moins possible. Ce serait anxiogène, inélégant, et ça gâcherait le plaisir qu'il y a encore, malgré tout, à être ensemble. On le sait, qu'on claudique et qu'on souffre, on le voit bien et on peut même en rire. Ou s'en faire part, à l'occasion, pour réclamer une crème bienfaisante ou un sage conseil. Mais s'en plaindre les uns aux autres reviendrait à baisser les armes, à laisser la Chienne gagner la partie, dès maintenant. Alors on se mord les lèvres, on serre les fesses, on continue sans geindre – toutes ces formules idiotes qui ne pourront jamais dire la douleur muette, inavouable par définition, qu'on endure pour un peu de dignité. Pour vivre sans trop se plaindre.

Suzanne, Leïla

On est surtout quatre très vieux potes qui, avant d'être invisibles, braves ou souffrants, sont quatre colocataires : on vit tous les quatre ensemble. Depuis si longtemps. Ensemble, c'est-à-dire séparément : nos bizarreries se frottent, nos biographies étalent leurs contrastes, nos chambres étanches nous mettent à l'abri des débordements du commun. Mes si chers. Tellement eux, tellement là. Tous les trois refuseraient qu'on résume leur vie à quelques broutilles, mais je dois quand même les présenter. Passer par leur vie, passer par leur chambre. La mienne, sobre et lumineuse, est en haut d'une mezzanine, isolée sous les combles ; les leurs sont à l'étage principal. Après l'entrée, le long couloir de notre appartement commun dessert trois grandes chambres, deux à droite et une à gauche.

À gauche, la chambre de Suzanne, notre benjamine. Suzanne avait soixante-huit ans quand on s'est installés tous ensemble. Elle venait de prendre sa retraite d'iconographe de presse. Elle avait passé trente ans dans un hebdo national, à faire rire ses collègues et les engueuler pour leur zèle, à s'enflammer contre l'irruption progressive des managers et des cost-killers et la lâcheté des journaleux qui laissent arriver chez eux ce qu'ils dénoncent dans leurs papiers. Et à expliquer surtout à qui voulait l'entendre – entendre son filet de voix chantante, mêlant une gouaille acquise de titi parisienne et les voyelles ouvertes de son Sud natal – qu'en fin de compte le seul moyen d'être tranquille avec le boulot, c'était d'en avoir un qui vous intéressait mais pas trop : le dégoût comme la passion, leur disait-elle, sont ce qui empêche les mortels de sentir et de penser. Tout en Suzanne est singulier, mais sa morale personnelle, qui la fait vomir l'égoïsme et sacrifier toujours son intérêt, l'incite à nier le plus sincèrement du monde qu'elle ait quoi que ce soit de singulier. Elle est petite, avec des épaules étroites, des cuisses fermes, une gestuelle discrète et gracieuse, une peau de métèque que ses origines toulousaines ne suffisent pas à expliquer et, tangible encore sous ses robes à motifs, une cambrure callipyge intacte, digne d'une princesse congolaise. Elle a des cheveux blancs et bruns mêlés, de grands yeux d'un bleu presque noir, une bouche charnue comme penchée en avant, qui fait son sourire radieux et sa moue moins glorieuse et, point de fuite de son visage grave – un point qui tord un peu ses traits pour que tout y converge –, un petit menton court et rond où semble concentrée toute sa détermination. Elle danse encore un peu, parfois, comme une transe ralentie. Elle cuisine à l'instinct quelques légumes rares, dont elle exhume des saveurs inconnues. Elle range et nettoie l'appartement avec un souci qu'elle sait exagéré, venu d'une enfance prolétaire dans une maison briquée, aseptisée. Avec son goût très fin, son odorat surdéveloppé, une sensualité tactile qui la mène encore souvent jusqu'aux larmes, son oreille attentive et son allergie immédiate à la laideur visuelle, elle traverse l'existence précédée par d'exigeantes perceptions, impératives, qui lui font un festin et parfois un enfer et, au total, une vie plus pensante que celle d'un philosophe, plus croyante que celle d'une bigote. Ses sens, sans rapport avec mes pauvres aptitudes, m'ont toujours paru infinis, lui servir de dictionnaire comme de firmament. Elle en semble en tout cas plus richement dotée que le commun des Terriens.

Elle a toujours cinq livres commencés qu'elle ne finira pas; des plantes disséminées partout auxquelles elle parle de sa voix claire; des films à voir ou des spectacles de danse dont elle confond les noms;

les croquis et les notes griffonnés de projets étranges qui noircissent ses cahiers. Elle suit sur les réseaux les comptes les plus engagés, les plus enragés, pour la vie en rupture ou contre les violences policières, et en tire une colère froide, intransigeante, depuis laquelle, ne pouvant se taire, elle nous mitraille d'anecdotes argotiques et de récits paroxystiques – on la voit cheminer dans l'appartement le nez sur son téléphone, nous racontant les tortures infligées aux prostituées du bois ou les mutilations de manifestants par des flics zélés. Elle associe, toujours, la discrétion à la trempe, l'humour burlesque à la mélancolie chronique, la modestie de principe au ton de certitude, souvent péremptoire, de qui s'est renseigné sur tout, de qui a appris toute seule et pratique au quotidien, sourde aux avis contraires, les détails les moins connus de la botanique hivernale, du traitement de l'arthrose, de la digestion des fruits, de la jointure des chambranles de portes, de l'éthologie des oiseaux, de la fiscalité immobilière ou de l'estampe japonaise. Elle peut venir moquer, de son humeur joueuse, ses trois colocataires, investissant leur chambre ou commentant leurs manies, ou au contraire se murer soudain pour quatre jours dans un silence choisi, sans hostilité, au prétexte d'un jeûne ou d'une idée fixe – ne serait-ce que l'idée, qui l'anime depuis sa prime jeunesse, qu'il n'est rien de moins naturel, rien de plus mensonger ni de plus décevant, que la vie sociale ou amicale. Presque vingt ans qu'on cohabite, quarante qu'on est amis, et dans ses revirements, ses états d'âme changeants, que je vénère autant qu'ils m'agacent, je continue à voir des paradoxes et, en elle, l'anomalie même ; elle en rit, me jurant qu'elle est tellement normale. Elle se dit enfin tranquille, alors que je sais son cœur si sombre, son pessimisme ancestral. Je tiens trop à notre décalage.

Elle s'est mariée à dix-neuf ans pour pouvoir fuir les siens, puis a quitté ce premier grantamour, mutique et dépressif, pour l'homme avec qui elle a eu ses filles jumelles. Avant de lui préférer, au seuil de la quarantaine, un intello charmeur qu'elle a gardé quinze ans, quinze années de corps qui se cherchent, comme elle le raconte joliment, qui se reniflent et s'emboîtent sans arrêt, mais aussi d'engueulades homériques. Celui-là, ultime étape avant une désillusion tranquille, elle l'évoque encore devant nous avec des traces de dépit et des accents de nostalgie. Elle croque ce « bavard qui à tout propos se branlouillait avec ses copains intellos » ou alors, plus drôlement, ce « fils à maman qui n'en revenait pas d'avoir une bite » – on sait que ses mots cruels charrient encore pas mal d'amour. Ce qu'elle en dit de mal et, sûrement, d'injuste nous donne envie de le rencontrer, mais elle s'y oppose et, de fait, ne l'a plus vu depuis des années. Quant à ses deux filles, enfin sevrées d'elle comme de leur fusion gémellaire, elle continue à les pister, les sermonner, les conseiller. Elle plonge le menton vers la poitrine d'un air fataliste, s'il est question d'elles, pour faire savoir qu'à bientôt cinquante ans il est quand même heureux qu'elles ne l'écoutent plus. La chambre de Suzanne est pleine de plantes étranges, de tapis bariolés, de meubles fonctionnels à la coupe élégante, de dessins d'illustrateurs encadrés sur les murs, de carnets ébauchés et de vieux poches cornés. À côté de son bureau, grosse planche de bois massif qu'elle a sciée elle-même, et caresse de la main dès qu'elle s'y assoit, trône le personnage principal de la pièce, autre protagoniste de la maisonnée : la machine à coudre de sa grand-mère, ouvrière du tissu exploitée par les riches dentellières d'avant-guerre. Cette machine en parfait état de marche, Suzanne l'a conservée et réparée, déménagée et longtemps révérée, fière du liseré de chrome sur son socle et de sa pédale en bois lustré, amoureuse de sa précision intacte et du mystère de son histoire, y compris ce qu'elle serait devenue sous l'Occupation – sa grand-mère l'aurait alors confiée à un vieux tailleur juif qui venait de se voir spolié de la sienne et voulait continuer à travailler depuis la cave des voisins, où il se terrait. Qu'un seul objet, sans âge ni mode d'emploi, concentre en lui tant de peurs et de secrets, au passé, de projets irréalisés, dans l'hypothétique avenir, les soubresauts du temps aussi et les heures perdues de sa première propriétaire lui confère pour Suzanne une nécessité plus grande, une vitalité plus sûre que celles des ennuyeux humains, tous si lâches et convenus. Tous moins en vie que sa machine à coudre.

De l'autre côté du couloir, une première chambre à droite est celle de Leïla. C'est une chambre plus grande encore, moins bien tenue mais aussi moins composite, plus dépouillée que celle de Suzanne. Elle raconte moins l'animisme ou l'amoncellement que le souci d'un espace nu, de larges passages entre des meubles sobres, parcimonieux – lit en fer forgé, fauteuil en vieil osier, planche étroite fixée au mur en guise de bureau, débarras sous la grande fenêtre, modeste tapis de prière et, sur le mur de droite, une immense armoire scandinave encastrée dans le mur, les deux hauts miroirs qui recouvrent ses portes placés de part et d'autre d'un écran de télévision large et plat, comme on en avait au tournant du millénaire. Leïla est, de peu, la doyenne de notre petite communauté. Et son gage de liberté autant que d'humanité – je m'en suis toujours remis à elle et à son humilité pour savoir ce que ces deux mots prétentieux pouvaient bien vouloir dire. Elle a de longs cheveux gris ondulés, des yeux et des sourcils très noirs qu'on voit avant le reste, un visage pointu dont on ne se lasse pas d'admirer le triangle délicat, parfaitement proportionné, une bouche fine, un seul piercing immémorial sur le haut de l'oreille et, inratable, une peau très ridée dont les stries régulières, harmonieuses, prônent la beauté qu'il y aurait à ne pas lutter en vain contre le flétrissement de l'épiderme. Avec des épaules carrées et une démarche un peu voûtée, Leïla est plus grande et forte que Suzanne, plus ostensiblement vieille aussi, plus tranquillement sans doute. L'ablation précoce d'un sein et la peau qui pend sous son menton l'ont immunisée plus tôt que ses contemporaines contre l'obsession jeuniste et ses illusions cosmétiques – elle qui sait à quel point la fraîcheur du corps n'est pas affaire de peau lisse. Leïla est d'une humeur égale, assez apaisante pour être recherchée de tous. Elle est capable de rebondir sur les blagues de Suzanne ou les miennes, en deux mots lapidaires, comme d'insinuer dans la conversation de table un dilemme politique ou métaphysique, toujours sur le même ton retenu, de la même voix calme, avec la même neutralité polie. On la trouve lointaine, au début, on a un peu peur de l'ennuyer. Sauf que ses yeux foncés ne quittent pas ses interlocuteurs et, pour nous, que son attention à ses compagnons de vie fait de ce regard diligent, de cet œil scrupuleux, un sismographe indispensable de nos secousses intérieures : c'est en s'y mirant qu'on sait comment on va. Trop peu inquisitrice pour multiplier les questions, mais trop sincère pour ne pas diffuser dans l'air une exigence de vérité, elle obtient de son seul regard, bon et direct, des aveux dont elle se serait sans doute passée et, en attendant, des informations précieuses sur les états physique et psychique des uns et des autres.

Leïla a pas mal vadrouillé avant d'accéder à cette constance d'humeur. Fille unique d'un garagiste séfarade et d'une institutrice jordanienne, elle est passée, après de bonnes études, par l'architecture et le design, pratiqués puis enseignés. Elle en a chuté, en quelques mois, quand elle est tombée à trente-sept ans dans l'alcool. Huit ans d'une perdition magnifique dont chaque minute fut un enfer, une torture jamais racontée – sauf un peu à Suzanne, au plus intime. Huit ans d'une errance clochardeuse par les rues malfamées du quartier de la Réunion, entre le risque de viol par ses compagnons de beuverie, qu'elle en dissuadait en faisant sous elle, en puant assez pour faire fuir les ivrognes, et le reste du temps la solitude extrême de qui ne s'adresse plus à personne, de qui parle à elle seule sur le trottoir indifférent ou par la fenêtre de son studio destroy, dont elle ne faisait plus le ménage et ne payait plus le loyer. Mais un matin elle a arrêté, éteint le cauchemar d'un seul coup, matin surhumain qui n'est pas pour rien dans le mystère qui l'entoure, intimidant.

On sait juste que la reprise du sport et une première rencontre avec Dieu l'ont aidée, qu'elles ont fait de sa première tentative pour décrocher – qui aurait été la seule de toute façon, comme elle l'avoue volontiers – une réussite que personne autour d'elle n'a vraiment comprise. Passée au régime sec, elle s'est tue, redevenant laconique, en tout cas elliptique et à peine ironique, juste un nuage, complice discrète et douce dont il est impossible d'imaginer les hurlements stridents, les soliloques chargés, quand elle titubait dans le quartier en insultant nuit et jour sa vie et tout ce qu'elle croisait. Elle a fait alors, au mitan de sa vie, le double choix, également divergent, du métier de factrice, pour fuir nos vies confinées, peut-être aussi pour reconquérir la rue, la fouler sans la boire, et de liaisons épisodiques avec des femmes – avec lesquelles elle a pu oublier les déceptions de deux époux successifs, deux mariages faussement libres dont n'étaient nés aucun enfant ni, jugeait-elle, aucune grandeur. Mais les femmes, qui ont déserté sa vie au cours des dernières années, et la livraison de courrier à l'ancienne, qu'elle ne pratique plus depuis sa retraite, la définissent moins bien que ses deux marottes, ses deux seules ferveurs, si éloignées des miennes : le sport et la religion.

Leïla a pratiqué l'aviron pendant presque cinq décennies, sauf celle de sa descente aux enfers.

Notamment à la base nautique de Choisy-le-Roi, dont elle était devenue l'âme protectrice. Et elle en a tiré, outre quelques trophées cachés dans un tiroir, ses bras puissants insoupçonnables sous ses chemisiers foncés. Elle a aussi beaucoup nagé, couru, marché ; elle a essayé le volley-ball et continué de loin en loin à tapoter la balle de tennis ; avant que l'âge ne lui laisse que le yoga matinal et quelques randonnées écourtées, sans oublier les douleurs plus vives que le corps du sportif vieillissant endure ici et là. Mais elle est sportive de l'œil plus encore que du corps, par le savoir plus que l'illusion du pouvoir : elle comprend, mieux que tant de fans de sport, chaque logique du corps tendu, chaque exploit du corps entraîné, ses appuis et ses équilibres, ses techniques et ses stratégies, et entretient cette étonnante sagacité par le plaisir qu'elle prend, original pour une octogénaire musulmane, à regarder à la télévision plusieurs heures de compétitions sportives par semaine. Sur les chaînes de sport, à son grand dam, mais il n'y a que là qu'elle trouve ce qu'elle cherche. Sauf qu'elle les regarde comme un chirurgien visionne une émission de santé, comme un romancier lit une rédaction de lycéen : elle en sait toujours plus, évaluant, en connaisseuse, les élans, les distances, les énergies, les bons réflexes et les ratés. Elle suit un grand prix de Formule 1 ou une épreuve olympique de javelot pour leurs secrets invisibles, éteignant le son pour faire taire les commentaires. Et elle connaît sur le bout des doigts les ruses qui permettent de gagner quelques secondes dans un slalom géant, les borborygmes qu'on s'échange au cœur d'une mêlée de rugby, la moindre longueur du jeu de fond de court avec la fatigue du quatrième set ou encore les vertus respectives du cinq-quatre-un et du quatre-quatre-deux au football – où elle n'aime aucune équipe nationale autant que la belge, en véritable experte. Une passion protéiforme, donc, mais toujours sereine, minutieuse, jamais prosélyte. Comme sa pratique soufie.

Plus déiste que dévote, spirituelle que dogmatique, Leïla avait gardé de la foi musulmane de sa mère et des grands drames arabes du XXe siècle une fidélité de cœur à l'islam – affichée devant tous les islamophobes mais tue le reste du temps, et enfouie dans un silence inquiet dès que la moindre complaisance se faisait jour pour les bêtises de l'intégrisme. Son islam à elle, c'était le ramadan mais pas le port du voile, des lectures de sourates mais pas l'abonnement à la mosquée, où se retrouver à prier entre femmes ne la tentait guère. Elle s'en est rapprochée une première fois en sortant de sa nuit alcoolique, moins grâce à Dieu qu'accompagnée, avec d'autres croyantes, par quelques rituels d'abstinence. Par une autre bizarrerie de son caractère, elle a d'ailleurs tiré des règles de vie de l'islam non pas l'interdit de la boisson, comme ses coreligionnaires, mais le choix de sa mesure : elle s'y est toujours tenue depuis lors, buvant encore aujourd'hui un verre ou deux tous les deux jours, nettement moins que ses trois colocataires volontiers donneurs de leçons sur les dangers de la bibine. Mais la conversion de Leïla est plus tardive, précédant de peu notre installation tous ensemble. Il a fallu qu'une de ses premières amantes lui détaille l'histoire fabuleuse d'Ibn Arabi puis qu'elle rencontre, et fréquente pieusement pendant quelques mois, sa cadette Kahina Bahloul qui s'apprêtait à lancer le projet de « mosquée Fatima », la belle Kahina première femme imam et, selon Leïla, seule vraie féministe musulmane – à laquelle elle s'est d'abord identifiée, à cause de son grand-père catholique et de sa grand-mère juive –, pour qu'elle décide enfin d'épouser la foi et la pratique soufies. Avec la même pondération qu'elle a en tout. L'islam elle respectait, en gardant ses distances ; au soufisme elle adhéra, pleinement, mais en s'y ralliant comme à une forme de distance, un art de l'espacement. Dans cette ancestrale filiation soufie, si mal vue de tant de musulmans, tout lui plaisait, tout avait l'air fait pour elle : un rapport à Dieu qui est moins une croyance qu'une sorte de souvenir, une ivresse de l'esprit qui n'exclut pas les transes du corps, chez les derviches ou les fakirs, la place centrale de l'amour et de la méditation, au lieu de la soumission et des rites obligés, une marginalité historique et une méfiance envers les puissants, et même la querelle des linguistes arabisants, qui l'amuse tant, sur l'origine exacte du mot « soufi » – il signifierait pureté cristalline ou laine douce, premier rang ou éponge molle, selon les écoles.

De l'extérieur, ses proches et ses trois colocataires ont rarement accès à pareilles subtilités – il nous a fallu, elle et moi, de doctes apartés, rares et lumineux. Mais avec l'âge, et les peurs partagées de la mort prochaine, on s'est tous mis à envier, à admirer plus ou moins secrètement, cet horizon de vie éternelle et de retrouvailles avec Dieu qui donne à Leïla un avantage incontestable dans la marche en cours vers l'abîme. Croire, cette chance. À elle seule réservée. C'est pour ne pas les décevoir, ni troubler sa propre quiétude, que Leïla avoue rarement ses doutes sur l'existence de Dieu, sa préférence pour les forces diffuses de l'esprit, ce panthéisme à la petite semaine qui reste le sien, sa méfiance intacte surtout envers les bondieuseries – qui ne transparaît que dans les libertés qu'elle s'arroge, de boire un verre ou, hier, de courir en short et d'aimer quelques corps. Et elle ne confesse qu'à demi-mot, si vraiment on lui demande où elle était, son habitude nouvelle, plutôt que de prier ou d'étudier la parole de Dieu, d'aller s'asseoir en pleine journée dans des lieux saints – mosquées parfois, mais plus souvent églises ou temples –, s'y plonger comme dans un nuage d'esprit. Histoire d'y sentir planer, en suspension dans l'air, la noblesse des efforts humains pour y croire, la noblesse de leur échec et de leur exigence, d'y sentir circuler, entre les colonnes froides et les relents d'encens, tout l'invisible du monde, plutôt que la présence improbable de Dieu. Plus tangibles que Dieu, ses prieurs, qui sont souvent des prieuses, arrivent à le faire exister, pour Leïla, dans les vides inspirés de ses après-midi.

Bob à la place du mort

Enfin voilà. Elles ont la classe, nos deux meufs. C'est nos *cocolocas*, nos colocs cocasses, nos vieilles cocos loquaces. Pas du genre marâtres épaissies ni mégères en déclin. Plutôt de celles qui prolongent les libertés d'hier dans celles du vocabulaire, des gestes, des blagues, érotisme de bouche ou de joies ménagères. Avant qu'on s'installe ensemble elles avaient même hésité à rejoindre une maison des Babayagas, ces anti-maisons de retraite, autogérées et militantes, pour féministes sur le retour; mais après réflexion elles ont préféré l'option des vieux copains, la déconnade non militante. Mes portraits en pied, il faut dire, ne leur rendent pas justice, car elles sont moins intimidantes, au jour le jour, que dans mes mots choisis. On se chamaille avec elles sur les tâches domestiques et les courses mal faites. On laisse les vannes fuser et les bouderies grincer.

Chacun a toujours un objet ridicule ou une manie infime à cacher aux autres, à moquer chez l'autre. Malgré leur vide, nos journées filent l'une après l'autre, à force de rêvasser côte à côte, de déblatérer ensemble ou de boire des coups, de partager les rumeurs du quartier et nos secrets d'entretien. On n'hésite jamais à se pincer tendrement la fesse molle ou le gras de la hanche, moins dans un réflexe sexiste – puisque c'est parfaitement réciproque – que par cette essentielle complicité d'avant-sépulture qui nous avait persuadés, au départ, de cohabiter. Tout ça nous fait quand même à tous les quatre, dans les replis de chaque journée, une sorte de corps collectif. À huit jambes, percluses ; à huit bras, engourdis. À huit oreilles déchéantes et quatre paires d'yeux étiolés.

Bob, lui, est le quatrième larron, Robert pour l'état civil. Il occupe la deuxième chambre à gauche, la dernière avant le virage du couloir et le grand salon. Si on l'appelle « le petit dernier », alors qu'il n'est ni le puîné ni le plus chétif, et n'en a vraiment pas l'air, c'est pour camoufler le triste hasard qui l'a mené jusqu'à nous : cacher qu'il est ici à la place du mort. Stéphane, notre ami de toujours, avec ses manières de séducteur courtois et ses start-up à l'ancienne, entrepreneur et entreprenant comme l'aurait été un personnage de *La Comédie humaine*, devait être la quatrième roue du quatuor et sa caution de sérieux; il aurait été notre sceau patrimonial autant que notre gage de loyauté, depuis un demi-siècle qu'on le connaissait tous. C'est pour ça qu'après avoir déniché l'appartement, encore en travaux, on lui a proposé, Leïla, Suzanne et moi, de se joindre à nous : il était veuf depuis deux ans et a tout de suite accepté, ému, un peu exalté aussi. Mais peu après nos premières réunions enfiévrées de la place de la Nation, où on discutait trois fois par semaine du plan de l'étage et du nom du lieu, Stéphane s'est vu diagnostiquer une saloperie de maladie dégénérative – qui l'a emporté en dix mois, et avec lui toute l'insouciance, la bonne humeur un peu nerveuse, masque festif pour nos peurs, qui avaient accompagné le lancement du projet. Plus rien n'avait de sens. On pensait que l'idée de s'installer ensemble l'avait tué. On a continué sans y croire, passivement. On pleurait sans cesse, en alternance, chacun prenant le relais des larmes de l'autre. On a convergé tous les trois dans notre nouveau quartier d'un air sinistre, comme on se laisse mener à l'abattoir. On a emménagé quatre semaines avant sa mort, et jamais pendu la crémaillère. Le souvenir de nos trois déménagements se perd dans une brume de chagrin, oublié derrière l'évidence du malheur. Suzanne et Leïla hésitaient à faire de la pièce restée vide, la lugubre quatrième chambre, un bureau collectif ou une chapelle à sa mémoire, avec autel à photos et tablettes de bois précieux. Sales débuts.

Cette aurore endeuillée n'avait plus le droit de voir naître le jour. Elle creusait en nous un clivage pénible, une humeur changeante. La rage contenue contre l'injustice du sort éclatait parfois en d'âpres disputes sur l'usage de cette pièce, ce qu'on avait le droit ou le devoir d'y faire, avant qu'on s'étreigne tous les trois en reniflant et qu'on aille s'y recueillir en se tenant les mains. Je me les rappelle à peine, nos pauvres disputes sur les justes signes du dévouement, comme des théologiens amateurs se querelleraient sur les limites du culte. Moi qui n'avais jamais, avec elles deux, le dernier mot, surtout s'il s'agissait de nos façons d'habiter – un art qu'elles avaient raffiné différemment mais tellement plus que moi –, j'ai fini par les convaincre, dans leur lexique animiste, que l'âme de Stéphane n'allait pas errer dans une pièce qu'il n'avait jamais occupée et, surtout, qu'y laisser un vide, par crainte d'un sacrilège, revenait à engluer dans une mort sans fin et ce lieu et cet ami, à trahir le serment de vie qu'on s'était fait tous les quatre. Et qu'il nous avait demandé de refaire, devant lui, nos huit mains jointes, sur son lit d'hôpital. Il faut qu'on trouve quelqu'un pour habiter avec nous, j'avais donc conclu, après notre triste emménagement, le visage empourpré par cet émoi tout particulier qui me gagne les rares fois où je sais que j'ai raison, où je sens qu'une raison supérieure parle par ma bouche. Et il faut qu'on le trouve sur annonces, notre gus, j'avais ajouté, surtout pas parmi nos copains : c'est le seul moyen de briser la coquille d'intimité morbide où on s'est enfermés, de briser le sort funèbre qu'on est en train d'imposer à notre maison. Stéphane serait pour. Stéphane serait le premier d'accord.

Est-ce à cause de cette ambiance macabre, qui nous interdisait les choix mesquins et les entretiens de recrutement, ou parce qu'on a vraiment eu de la chance, qu'on a retenu tout de suite le tout premier candidat rencontré, avec une unanimité entre nous qui devait nous faire ressembler à des mystiques, des vieux possédés ? Toujours est-il que Bob nous a rejoints de cette façon. Il s'est installé dans l'appartement cinq mois après nous pour en devenir rapidement la cheville ouvrière, comme une deuxième naissance, ou une origine heureuse – jusqu'à effacer de nos mémoires ce délai initial, faciliter un deuil qui le concernait si peu. C'est aussi que pour moi, en tout cas au début, Bob était le livre ouvert de la vie que je n'avais pas eue, du roman d'existence que je n'avais pas écrit. L'ami insolite, mythique, qui ne ressemblait à aucun de ceux qui l'avaient précédé.

Bob est grand, puissant, les pieds en canard. À la marche, son corps robuste bascule latéralement, en rythme, comme s'il creusait son chemin par les côtés, avec les hanches et les épaules. Son visage est massif, ses traits hâlés creusés de sillons profonds, comme une terre rouge craquelée, sous un crâne très dégarni mais bordé, vers le front et la nuque, de dernières bouclettes brunes. Il a du sang inca, né d'une mère lyonnaise et d'un père débarqué à vingt ans à Lima depuis une tribu shawi du Pérou amazonien. Mais s'il convoque rarement, et avec une gravité qui fait peur à tous, le demi-millénaire d'oppression coloniale et d'ethnocide oublié dont il est un rejeton tardif, c'est que son père a fait carrière au barreau de Paris, malgré son fort accent, et sa mère dans la haute fonction publique. Et que tous les deux ont préféré exiler leur fils dans une prison helvète dorée, pendant son adolescence, pour assurer son éducation d'élite et sa docilité à l'ordre blanc des sociétés européennes. Peine perdue : terrorisé par l'ambiance mortifère de sa pension suisse, entre camarades dépressifs et balcons trop fleuris, Bob en est ressorti triplement dissident. Il voulait être un guerillero, qui opposerait à la violence politique des puissants les petites bombes artisanales qu'il apprenait alors à confectionner ; un médecin des pauvres, qui rejoindrait le Secours rouge en Palestine après quatre ans d'études, au lieu de faire son droit comme l'auraient voulu ses parents ; et un homo vraiment libre, qui jamais ne soumettrait les plaisirs du corps aux convenances en vigueur, conjugales et sentimentales, ni aux normes de la révolution sexuelle, si malnommée. De Santiago à Oaxaca, de Gaza à Tunis, de Tel Aviv à San Diego, il a d'abord beaucoup bourlingué, au titre de ses trois différences, revendiquées. Moins assagi qu'affûté par le passage du temps, et la succession dans sa vie des errements et des déceptions, il a bientôt abandonné le terrorisme amateur puis le gauchisme humanitaire, et raréfié ses débauches. Mais il a tiré de ses trois hérésies, même après les avoir domestiquées, trois dispositions insolites qui nous font l'aimer comme un frère. Trois traits saillants qui sont moins des trahisons de ses révoltes initiales que leur douce réinvention.

De sa passion de la révolution, il lui reste un pessimisme truculent dès qu'on parle d'émancipation collective, dès qu'on évoque un groupe en révolte : Bob juge les humains indignes d'un si beau projet, capables seulement de le piller ou le faire échouer, leur cerveau employé depuis toujours à rien d'autre qu'à dominer son prochain, liste d'exemples historiques ou quotidiens à l'appui. Et il préfère à la conscience malheureuse de ceux qui retournent leur veste, qui digèrent mal l'impossible collectif, l'échelle modeste, locale, amicale, d'un anarchisme à quelques-uns, d'un communalisme dans les limites du possible, sans espoirs inutiles ni l'éloge crétin du bon sauvage – il sait de quoi il parle. Il répète que le communisme, lui, finit toujours d'État, c'est sa malédiction. Et il nous ressasse, illustrée par des cas chaque fois différents, l'inaptitude des modernes au collectif. Il en veut même pour preuve, répétée à tout bout de champ, qu'ils n'auraient inventé qu'un seul groupe dans lequel noyer l'individualisme solitaire, un groupe « tellement riquiqui, ces cons » : le couple – avant de faire entendre son rire bref et rocailleux d'ogre latino. Ce désabusement ancien ne l'empêche pas de trouver beaux, si beaux qu'il nous le dit à chaque fois, les jeunes émeutiers du monde entier dès qu'il aperçoit leur silhouette dans les pages d'un magazine ou leur visage sur un réseau social. De son engagement, ensuite, comme médecin aventurier, en défense d'une médecine des prolétaires, qu'il avait réancré assez tôt dans le terreau parisien en rejoignant à la fin du siècle dernier un cabinet médico-social derrière la place de Clichy, il lui reste le bénévolat du retraité, toujours au service des pouilleux, comme il les appelle, et un savoir précieux pour cette maisonnée de santés en déclin – même si Suzanne n'hésite pas à lui reprocher ses préjugés d'allopathe, sa médecine « hémiplégique ». Enfin, d'une vie de caresses entre hommes, qu'on fantasme un peu tous les trois sans qu'il en ait pipé mot, tant elle semble révolue, il lui reste, pour notre bien à tous, grands timides que nous sommes, une tendresse tactile et une effusion du corps qui plus que tout le reste font de nous une famille. Une famille qui s'agrippe, se papouille. Grâce à Bob.

Et il lui reste bien sûr, venus d'outre-temps, sa peau mate d'Indien, ses favoris gris tellement désuets et les stigmates d'ancien combattant qu'affiche encore son corps musculeux, aujourd'hui nettement bossu. Sans oublier, ancestraux eux aussi, ses talents de bricoleur, acquis comme artificier léniniste mais mis au service, cinquante ans plus tard, de nos aléas domestiques : Bob est le magicien des plinthes, le shaman des robinets, le sorcier des lézardes murales, le thaumaturge des cadres de fenêtres qui n'isolent plus. Ses tout premiers jours avec nous, il les avait passés à acheter dans des magasins de bricolage des tringles géantes ou des rouleaux de revêtement mural et à les transporter malaisément dans les wagons bondés du métro, dont les passagers se demandaient ce que ce vieil homme cuivré faisait là qui manquait, à chaque geste, de les éborgner ou les embrocher. Il a construit plusieurs meubles de sa chambre, le lit en frêne avec un ami menuisier, mais le bureau suspendu et la commode en noyer tout seul, en pestant et en frisant le tour de reins.

Et il entretient le reste de l'appartement, sur notre demande, avec ses deux grosses mallettes à outils – et l'aide fréquente de Suzanne, qui commence par échafauder une stratégie alternative, plus écologique ou plus précise, avant de se rallier à la méthode plus fruste de Bob. Ces deux-là se cherchent et se trouvent, se chipotent et se réconcilient, et la façon qu'a finalement Suzanne, le plus souvent, de lui donner raison en reconnaissant qu'il est « du côté de la réalité » n'a pas peu contribué à en faire notre figure tutélaire, mi-énigme mi-protecteur : notre ambassadeur dans cette contrée exotique, la réalité. À une exception près, une exception aussi sale que lui-même est sanitaire, aussi obsessionnelle qu'il est raisonnable, aussi irréelle, ou surréelle, qu'il est du côté du réel : Bob a dans sa chambre, sous une cloche de verre placée sur le linteau d'une ancienne cheminée, à côté du masque de respiration qu'il porte parfois contre ses apnées nocturnes, un amas grisâtre vaguement sphérique de la taille d'un ballon d'enfant, composé – on a blêmi le jour où il nous l'a montré, ne lui adressant plus la parole pendant plusieurs jours – de ses crottes de nez patiemment accumulées pendant des décennies autour de la même boulette initiale. Qu'il a donc protégée des menaces, sciemment épaissie de ses prises quotidiennes et transportée soigneusement au fil de ses déménagements. Je sais : nous-mêmes avons mis du temps à ne plus nous en offusquer. Mais à part son ballon de mucus nasal gros comme une biographie, tout chez Bob nous rassure.

De mon côté, loin de cette anomalie – qui a dû quand même me l'humaniser, une manie du corps ayant toujours l'air plus vrai qu'un récit d'aventures –, je lui sais gré d'avoir accompli les fantasmes sexuels et politiques que je m'étais moi-même contenté de caresser. Ce que je partage avec lui, dès lors, ce sont de temps en temps les souvenirs du plaisir masculin, tellement plus épisodique dans mon cas, et plus souvent l'art très théorique de refaire le monde aux couleurs de nos rêves, de nos vieux désirs révolutionnaires à demi éteints. Quant à Leïla, avec ses penchants occultes, on dirait parfois qu'elle voit en Bob le seul interlocuteur valable de la maison, anticlérical peut-être, bouffant volontiers de l'imam ou du curé, mais rompu depuis l'enfance à la pensée magique. Elle semble retrouver avec lui l'antique convergence des déviants ; à moins qu'elle ne mette à son crédit les affinités qu'il y a entre le sport et la médecine, ou entre le communisme et la vie éternelle, dont les mensonges parallèles, leur usage pour abêtir les masses, jalonnent leur trajet de vie à chacun. On n'a qu'une certitude, ici : c'est bien la différence de Bob, sa distance à nos mondes comme à nos histoires, qu'il a rejointes si tardivement, qui acheva de sceller le petit groupe en le posant sur d'autres bases qu'une familiarité trop ancienne ou un inconsolable deuil commun. Le seul problème avec Bob, comme le répète Suzanne, c'est ce prénom débile, ce palindrome yankee sans rapport avec ses origines ni avec son parcours en zigzag, et la triste alternative que constitue son prénom d'état civil, presque aussi repoussant. À chaque fois qu'elle dit ça, ritournelle épuisée, on a tous les quatre le même rire et, la minute suivante, la même envie de boire un verre – en hommage à tout ce qu'on ne choisit pas.

À contre-courant

Et tous les quatre, avec nos noms et nos vies à chacun – dont les différences, oubliables, vont bientôt se fondre dans la fosse commune –, tous les quatre on n'en est pas moins en guerre. Je disais en lutte, mais on peut dire en guerre. Comme on dit en vie, puisque pour nous c'est devenu la même chose. C'est une guerre dont l'épilogue est certain mais dont le butin se compte en temps gagné, en semaines de plus. Chaque jour supplémentaire est une victoire et, pour y avoir droit, il faut de la stratégie, du cœur, de l'obstination, de la complicité aussi. Notre arme à chacun est le déni, l'aveuglement lucide, avec un zeste d'ironie : mais si, on va y arriver, je vous jure, si si, on va gagner, on est les meilleurs. Mener un combat aussi âpre, aussi vain, est héroïque, tout simplement. On est des héros, nous tous, des héros vigilants, rusés, dont la fierté limiterait l'héroïsme, des héros drôles et forts debout dans la tempête qui savent bien, mais ne le disent jamais, qu'un accident, un hasard, un simple coup du sort peuvent d'un trait rayer leurs beaux efforts – et leur nom du répertoire. Hop, au suivant. On se la déroule intérieurement, comme le refrain d'un tube, la liste des façons les plus courantes de partir. On la complète de temps à autre selon les infos qu'on glane et les malheurs qu'on nous raconte, arrivés à des gens comme nous. La Gestapo qui vient sonner pour nous annoncer notre dernière heure arrivée, à plus forte raison notre dernière minute, est dans nos pires cauchemars toujours une force d'obstruction : elle peut prendre la figure du caillot dans la veine ou juste de la fausse route alimentaire, notre cauchemar préféré celle-là, dont on connaît par avance chaque instant du long étouffement fulgurant. C'est ça, long et fulgurant à la fois : rapide, mais interminable, sans l'option de croquer, comme les agents secrets, la pilule de cyanure qui, si l'on est pris par l'ennemi, écourtera les tortures.

Notre héroïsme est celui des poissons qui remontent le courant. L'héroïsme des minorités honteuses. Des caresses à rebrousse-poil. On va en sens inverse, chaque bain de foule nous le rappelle. On boitille vers la sortie, humblement, croisant le flot d'un monde qui surjoue quant à lui l'amour de la vie, de l'action, l'apologie de la jeunesse, de la création, toute sa publicité pailletée pour l'obligatoire vitalité. On se rappelle avoir fait des folies de nos corps, et on est bien peu à s'y essayer encore – effleures et nudités qui ont la beauté de la loyauté, jamais la vigueur de la sexualité –, dans un pornomonde qui partout pornoprône la pornoperformance, l'éclaboussure lustrée. On éprouve à chaque geste, à chaque instant, une impuissance nouvelle, une limitation très physique de nos capacités, dans un monde où la moitié des gens désirent le pouvoir et où l'autre moitié se console qu'il ne soit pas pour eux en soulevant de la fonte ou en pilonnant des punching-balls. On s'échine à faire marcher nos écrans et nos réseaux, nos doigts gourds peinant à activer nos pauvres connexions, debout dans les transports sourcils froncés et téléphones en main, dans un monde où les autres ont toujours déjà bondi ailleurs, partout, d'un coup de pouce, d'un clignement d'œil, vers d'invisibles univers à nous inconnus mais seuls, peut-être, à vraiment exister. On se traîne dans un monde pressé. On bavarde dans un monde d'émojis. On bouquine dans un monde d'images. On sent nos vies amoindries dans un monde de corps augmentés. Et dans un univers intégralement concurrentiel, où la vie des adultes comme celle des enfants consiste surtout à rivaliser en tout, à se battre pour tout, on est hors jeu, on ne se bat plus, on est pur de toute concurrence ; jusqu'au droit qu'on nous accorde à tous, et dont se saisissent, sans se gêner, tant d'entre nous, d'être nul, d'être moche, d'être inutile ou injurieux – jusqu'au droit de n'être que défauts, que par défaut. Notre différence tient à un seul trait d'union : on fait l'expérience constante du mal-être, un mal-être plaintif ou dénié, poli ou désespéré, le mal-être bien compréhensible de qui n'a plus grand-chose à faire ici, dans un monde où la question inverse du bien-être a remplacé toutes les autres questions, a évacué magies et utopies, dans un monde où la question du bien-être s'est étendue jusqu'aux limites du possible, absorbant la question sociale comme la question sexuelle. Merde au bien-être, comme on se dit souvent. Quoi qu'il en soit, si on est à contre-courant ce n'est pas pour être originaux – rien ne nous plairait plus que de rejoindre le flux, même le flux des crétins.

Sauf que nous autres, ici, ensemble, on se paie le luxe, un peu snob, d'être à contre-courant non seulement du monde à venir mais aussi du tout-venant de nos contemporains : plus ridicules encore que ces jeunes qui sautillent vers la mort impensable, là-bas au loin, il y a les nôtres, les dociles, il y a tous ces vieux qui consentent à être des petits vieux, sans moufter. Il peut nous arriver de savourer tel bienfait de l'âge, bien sûr, l'esprit apaisé ou l'empreinte du temps ; mais à voir tout à coup un club de bridge avec pignon sur rue ou un car rutilant déverser en semaine sa cohue de gnomes flétris en sortie touristique, on se met à détester les vieux, instantanément. On se met à devenir gérontophobes, nous aussi. À penser du moins, orgueil assumé, qu'on n'a rien à voir avec ces moutons grotesques, qu'on est d'une tout autre espèce qu'eux et que jamais, au grand jamais, on ne pourrait leur ressembler. Les retraités sympas qui y vont de leurs bons mots – tous collabos. Les vieux louveteaux grisonnants explorant en janvier et en meute un littoral désert – pitoyables envahisseurs. Les quelques couples gâteux croisés dans un bar hors saison, où ils décryptent leur trajet pittoresque à même la carte IGN, où ils commentent le vin blanc du coin dont leurs papilles hors d'âge n'ont plus aucune idée – des parasites, des défaitistes, qui en se laissant aller à ces ultimes plaisirs du corps, les derniers qu'ils osent réclamer, la petite marche et le blanc sec, acceptent que ce soient les derniers, acceptent de faire un dernier tour et d'enlaidir le monde. Pas pour nous, merci. Sans toujours se le dire, on se jure, de notre côté, de ne pas se contenter de la virée en groupe, mais de lui préférer une ascension solitaire de l'Anapurna, ou juste l'inertie de notre petite collectivité réfractaire. On se jure de ne pas siroter et commenter le verre de blanc de midi, mais de lui préférer un gros pétard ou juste une plus shamanique abstinence. On se jure de ne jamais piétiner sous les ordres d'un guide ni de taper le carton entre vieux barbons, mais de préférer les égarements hors zone touristique ou juste les séances béates dans notre piscine à boules. Ils nous dissuadent de les rejoindre, tous ces papis et mamies, de nous soumettre nous aussi, d'être vieux comme ils le sont, ploucs du grand âge.

On pense qu'on mérite mieux. Qu'on est d'un autre acabit. On estime, un peu rhétoriquement, qu'une capsule de mescaline vaut mieux qu'un kir avec Jacqueline. Qu'un flashmob d'activistes, c'est quand même autre chose qu'un voyage organisé. Et que rien ne nous tuerait plus vite que ces rituels imposés de retraités en goguette, préludes à la capitulation finale. Ultimes traces en nous, les plus amères, du refus de vieillir, et de rejoindre les rangs – du refus mais aussi de la honte de vieillir, la honte de faire peser sur l'univers nos corps inutiles. Je me dis d'ailleurs, certains jours, que cette honte-là nous englobe peut-être tous, les jeunes comme les vieux, nous tous les choyés du vieux monde : oui, sur une planète d'enfants, de jeunes vies en surnombre, nous autres par ici sommes tous le vieillissement du monde, nous et notre continent de vieillards, nous et nos vieilles idées, nous et nos jeunes trop propres sur eux pour n'être pas déjà vieux, eux aussi. Nous et nos bottes élimées enfoncées dans la gadoue de l'hier – anciens parapets, sûrement, et la fraîcheur boueuse des forêts automnales. La vision de ces petits vieux qu'on croise le nez au vent suffit en tout cas à réveiller d'un coup toute notre mauvaise conscience. Elle ravive la haine que nous inspire à tous les quatre cette immense maison de retraite que notre bout de monde impose à tout le reste du globe. Elle est belle, la civilisation, si c'est tout le continent qui sent l'urine des incontinents. En même temps, les pauvres petits vieux n'y sont pas pour grand-chose : ils ont bon dos, si ça se trouve, et nous permettent surtout de nous défausser, de prendre sur eux la faute d'un monde vieux dont on fait semblant de ne pas faire partie. Le vieux monde, on s'en méfie, comme si on n'en était pas, et auprès des autres on s'en excuse. C'est tout juste si la mort elle-même, puisqu'ils ont l'air de l'accepter, ne nous paraît pas être une invention des petits vieux. Un truc de petits vieux. Reste que notre vie ensemble, notre vie tous les quatre, on l'a voulue et organisée comme une lutte inlassable contre ça, un temple voué au rejet de ça. On y résiste encore et toujours à ça. Non, on ne sera pas des petits vieux.

Et pourtant, peut-être que notre véritable regret n'est pas de ne pouvoir s'autoriser partouze ou psychotrope mais, au contraire, de ne pas partir nous aussi avec Raymond et Simone pour une visite en groupe ou un concours de belote, de ne pas être capables nous aussi d'optimiser notre carte Senior ou les bons plans de booking.com. Si ça se trouve. Car eux agissent, après tout, pendant qu'on continue de pérorer. Ils ont une vie petitement active, mais active quand même – fût-ce sous les ordres d'un tour operator ou d'une mutuelle mielleuse –, et nous, ici, n'avons que nos regrets bavards débités à longueur de journée. Nos regrets de l'action perdue et de l'impuissance finale. On n'est que regrets et bavardages. À chacun de nos anniversaires, rituels et vacillants, on raconte nos bamboches les plus mémorables, nos surboums décennales, les grands anniversaires d'autrefois. À chaque sortie au spectacle ou au musée, de plus en plus rarement donc, ce sont les expos d'il y a dix ans qui nous reviennent en mémoire, en évocations jacassières, les performances d'il y a trente ans, les errances nocturnes dans la ville jaune il y a mille ans. On se complaît dans le temps de la fin. Le ressassement de l'avant. Alors qu'eux, les papis et les mamies tirés à quatre épingles, sont moins dans le souvenir et ses causeries que dans le programme chargé qui les attend – le car à attraper, la petite laine à prévoir, le trajet à délimiter, la monnaie à préparer. Peut-être qu'on exècre ces lieux communs du troisième âge comme on avait craché, autrefois, sur les colonies de vacances ou le salariat grégaire : pour ne pas savoir, ni faire savoir, qu'on aimerait les essayer, en réalité, que rien ne nous irait mieux que cet humble confort du parmi – la vie douce et banale, mais si réconfortante, de qui ne s'épuise pas en vain à tenter d'inventer sa vie. À plus forte raison, cette fois, sa fin de vie. Et peut-être qu'aussi, plus trivialement, nos insoumissions un peu ostentatoires voilent d'un peu de noblesse nos existences désaffiliées et passablement désargentées – parce que Raymond et Simone, eux, en voient du monde, et qu'ils ont aussi les moyens, les moyens de vivre seuls dans leur joli trois-pièces du centre-ville et de partir en voyage de groupe dans leur car rutilant. Mais comme ces choses sont difficiles à admettre, on continue, en attendant, d'agonir de nos mots présomptueux tous les Raymond et les Simone de notre entourage, et bien au-delà.

Le plus drôle, ou le plus triste, c'est qu'avec tout ça on a complètement perdu l'orgueil de nos débuts ensemble. Avec nos têtes oublieuses, nos guenilles souffreteuses, avec nos habitudes et nos pilules, nos façons distraites aussi d'envier les corps des jeunes et même, si ça se trouve, l'agenda des Raymond et des Simone – ou juste avec le temps –, on a arrêté de tirer la couverture à nous. Fini, le snobisme du phalanstère. Finie, la fierté d'avoir réussi ce que les jeunes sont trop égoïstes ou les vieux trop fatigués pour accomplir, et tous les autres trop cons : la vie commune libre et choisie. On est si vieux, en un mot, qu'on ne vante plus jamais Finale Fantaisie. Oui, Finale Fantaisie, c'est le nom qu'on a donné à notre duplex du douzième, et à notre quatuor cohabitant. Notre toponyme, notre épitaphe. On avait préféré en définitive, pour ses promesses ludiques et son ton d'apocalypse tranquille, cette formule sans âge, un peu bancale, qui rappelait vaguement le jeu vidéo pionnier auquel on avait joué au siècle dernier – mais ça nous allait mieux, finalement, que les calembours innombrables autour desquels on s'était écharpés tous les quatre. On était attablés pour en parler, un mardi midi au Canon de la Nation, mais aucun bon mot ne l'avait emporté sur les autres, dans le feu d'artifice des ruses et des anagrammes : Fausse-île, les Bolchevioks, les Doyens du bord, Gérontopolis, le Sénilistère, MathuZADlem, les Révolus, ou même Papylone et Mamylone (puisque Babylone n'était plus). Du moment qu'on entendait résonner, entre nos suggestions mal foutues, le mélange de communisme tardif, de colocation potache, de grand âge assumé et d'envie d'en rire qui inspirait, à doses diverses, notre rassemblement du jour. Et des années à venir. Mais on s'était engueulés, ce jour-là, chacun défendant son trait d'esprit préféré, et la seule trouvaille sans jeu de mots, obsolète comme une fin de siècle, tordue comme un vieux grammairien – un adjectif substantivé suivi d'un substantif adjectivé, la pirouette était bonne à prendre, pour nous qui ne pouvions déjà plus faire de galipettes –, avait imposé au dernier moment sa neutralité à nos désaccords bruyants. Ce serait Finale Fantaisie, un point c'est tout. Qu'on peut aussi bien prononcer Faÿ-nol. Une antiphrase consensuelle, pour moquer la faucheuse en lui associant un final récréatif, ou un oxymore gothique. La formule nous était assez étrangère en tout cas pour jeter un voile pudibond sur la tragédie imminente – interminable. Une semaine après avoir fait poser, à côté de la sonnette d'entrée, la plaque de métal portant ce nom en lettres couleur rouille, j'avais commandé une deuxième plaquette, plus petite, au magasin de bricolage du coin de la rue, sans en prévenir les autres : « Bail précaire ». Ils ne l'ont pas remarquée tout de suite.

La faucheuse et les fauchés

On habite ensemble tous les quatre, donc, derrière le métro Reuilly-Diderot, au dernier étage d'un petit immeuble. On habite là, snobisme en berne, fierté de groupe presque oubliée, depuis le temps. On habite là avec l'idée, qu'on n'ose jamais s'avouer, que cette vie ensemble est la dernière, que ce lieu partagé est le dernier. Puisqu'on n'a plus d'autre projet que la disparition, la douceur de tomber. C'est ce que j'appellerais le principe de Reuilly, la logique de la dernière demeure : la conscience persistante qu'à cet ultime lieu de vie, à cette infime communauté, ne succédera plus que le noir – que de cet endroit et de ce groupe on finira chacun par sortir « les pieds devant », selon la formule que j'ai découverte dans *Lucky Luke* il y a huit décennies. J'ai longtemps imaginé que « les pieds devant » renvoyait à une acrobatie de sportifs, à l'atterrissage d'un saut en longueur, ou d'une course effrénée comme un galop de Far West ; il m'a fallu attendre de ne plus pouvoir courir, ni sauter, pour comprendre enfin cette expression si simple. En attendant, on habite ensemble. Depuis un bail. Pour des raisons qui mêlaient, au départ, l'essentiel et l'accessoire, le hasard des amitiés et la sénile nécessité.

C'était il y a si longtemps, presque deux décennies : le troisième âge était alors, pour nous comme pour les autres, en train de perdre ses dernières lettres de noblesse. Il commençait à n'être plus que déconnexion, paupérisation, affreuse solitude, celle d'un deux-pièces aux odeurs de renfermé ou d'une chambre close dans un mouroir médicalisé. C'est quand on s'en est rendu compte, assez tôt donc, au sortir de la soixantaine, qu'on a cherché un pis-aller, un moindre mal. On sentait qu'à cet âge tous les possibles se réduisaient, et ça nous titillait pas mal, ça nous affolait même, on en ruait dans les brancards ; on aurait bien voulu les renouveler, les possibles, les réinventer avant qu'il ne soit trop tard, pour qu'il ne soit plus jamais trop tard. En même temps, l'idée d'une colocation ne s'est présentée que faute d'option plus abordable, parmi d'autres possibilités raisonnables. Ce n'est qu'ensuite qu'on l'a repeinte en expérience héroïque, tournant rock'n'roll de nos vies – grâce à cette fierté collective qu'elle nous a inspirée. Oui, parce qu'on a longtemps cru qu'on avait inventé la fraternité grabataire, comme d'autres inventent le fil à couper le beurre. Les premières années on a cru qu'on réalisait, tous les quatre, ce rêve un peu galvaudé de communisme amical, ce rêve qu'on caresse vaguement à quinze ans, qu'on gâche à vingt-cinq avec les mauvais colocataires, dont on se reprend à rêver à cinquante au milieu du maelström conjugal ou familial qu'on aimerait fuir – ce rêve qu'on range ensuite dans le tiroir des inaccomplis, en général. Sauf nous. C'est qu'on a fait, plus banalement, de nécessité vertu. On a simplement trouvé un appartement idéal dans un drôle de quartier et on y a appris à se supporter, plutôt bien même, à quelques anicroches près. Mais si on l'a fait, c'est d'abord pour des raisons de fric – même si on a préféré oublier ce ressort-là.

Qu'il y ait en nous du séditieux, ou juste du récalcitrant, que l'amitié l'ait emporté sur le troisième âge grégaire, ou l'idéal d'un monde à inventer sur les options existantes, c'est indiscutable – sans quoi rien de ce que je raconte là n'aurait le moindre sens. Mais que seule la logique première de la nécessité ait pu déclencher ensuite ce jeu vertueux de l'originalité et de l'autonomie, d'une petite communauté atypique, mieux pensée que celles de nos jeunesses, c'est moins discutable encore. De même qu'on ne peut philosopher que le ventre plein, ou partir militer qu'après avoir rempli le frigo. Je sais bien, ce disant, que je trahis nos principes, renvoyant la plus glorieuse des entreprises, la nôtre, à la plus triviale des logiques – mais il serait malhonnête de récrire l'histoire. Car il n'y a jamais loin du corps qui se débine au compte en banque qui prend l'eau, de la carcasse en capilotade à la finance dans le rouge. Être vieux, c'est non seulement peiner à monter chez le voisin mais aussi à joindre les deux bouts, non seulement la mobilité perdue mais le taudis solitaire et la pension maigrichonne, inavouable. Ça peut même être, pour les victimes de l'ingratitude filiale, la pingrerie de ses propres rejetons. Car ceux-ci affichent, en visitant leurs vieux, des sourires fatigués et des soupirs énervés dont certains ascendants concluent un peu vite, mais pas non plus à tort, qu'ils annoncent le mouroir pisseux plutôt que la résidence senior, et pendant qu'on y est, le croche-patte dans l'escalier plus sûrement qu'une marmaille aux petits soins. Ce n'est pas notre cas, mais on en connaît pas mal des histoires de ce genre. Quoi qu'il en soit, ni le banquier ni le fils prodigue ne nous tendront la main. Méprisé et gardé sous silence, l'argent est notre autre faiblesse, notre handicap secret. Tous ceux qui ont notre âge le savent et préfèrent le taire : leur rapport à l'histoire, leur place dans l'histoire ont pris la forme finale, piteuse, d'une vie chiche, d'une survie frugale. Notre classe d'âge a eu ses beaux jours ; elle en est à compter ses pièces jaunes.

Dans ce qui nous a persuadés de cohabiter tous les quatre il y a, en somme, un mélange de mots preux et de galères de thune, un chaos de motifs emmêlé de pésètes. On pourrait les énumérer comme suit, dans le désordre, les raisons qui nous ont poussés à nous installer ensemble en une fin d'hiver de ce début de millénaire : une retraite insuffisante, un esprit commun, la redécouverte de liens forts entre nous, le lieu incroyable sur lequel on est tombés et l'occasion qu'on a eue de le faire retaper pour pas cher, le deuil impossible du collectif, la peur de la mort, le dégoût des hôpitaux, la haine des maisons de retraite, une légère méfiance envers nos descendants, bien capables un jour de nous y envoyer, les salauds, la drôlerie du projet, au départ, les heures passées ensemble à échafauder mille plans, la présence parmi nous d'une ex-architecte et du septuagénaire le plus bricoleur du quartier, les avantages de la communauté, surtout quand elle n'interdit pas la solitude, et bien sûr, pour finir comme on a commencé, une retraite insuffisante. Aux deux extrémités, l'argent. Prenez une nostalgie politique, un digne refus de se laisser aller, les vertus de l'amitié et d'un langage commun, et bien sûr les emmerdes de l'âge et des santés déclinantes, puis, une fois ces ingrédients jetés dans une gibecière, serrez bien fort les cordons de la bourse – le tour est joué : la nécessité, avec un peu de chance, accouchera de la liberté. Et il en sortira, au mieux, une vie commune telle que la nôtre, engourdie maintenant et presque pacifiée, depuis le temps. Un collectif sage et claudicant tel que celui qu'on forme ensemble dans notre duplex foutraque de Reuilly-Diderot.

À l'origine, trois d'entre nous devaient, à peu près au même moment, quitter leurs logis historiques dans la ville devenue folle – soit que ceux-ci aient vu leur loyer doubler en quelques années soit que l'escalier n'en fût plus praticable par nos jambes épuisées. On en avait discuté, et on avait même fait quelques recherches en ligne, vaines, compte tenu de nos moyens limités et de nos désirs un peu capricieux. On avait exclu d'un commun accord, je m'en souviens, ce que privilégiaient presque tous nos contemporains : la villa bon marché en Thaïlande dont rêvent les mauvais cotisants à la retraite, amochant l'antipode turquoise avec leur teint blafard et leur mépris colonial ; l'appartement normand sur mer, alors que j'aime tant la mer, mais on y aurait été entourés d'appartements identiques et de sosies plus ridés encore, ambiance Ehpad iodé ; ou la grande ferme rénovée, alors que j'aime la campagne, j'aime retrouver ses odeurs fortes, mais on s'est dit qu'on y aurait été encadrés par des hameaux hantés et des champs gorgés de Roundup – sans que nos proches viennent nous y voir plus de deux week-ends par an. Ce serait encore Paris, donc, notre loyauté par défaut. Mais au pire moment de son histoire, tandis qu'explosaient les prix de son immobilier en même temps que la densité de sa population. Sauf qu'on a eu du pot. Il a fallu qu'une amie de Leïla, informée d'un aussi vague projet, lui signale un beau jour, grâce à son poste pourtant subalterne à la direction du logement social, l'existence de cet appartement vaste et biscornu au dernier étage d'un immeuble réquisitionné pour les ménages modestes. Il a fallu qu'elle découvre les discussions en cours, parmi ses supérieurs, pour en faire le site d'une expérience inédite permettant de varier la composition sociale de l'immeuble, autrement dit de panacher le HLM d'un peu d'autre chose. Elle a alors suggéré à sa vieille copine de déposer avec ses futurs colocataires un dossier ronflant, qui vante « les solutions innovantes pour l'habitat des seniors en bonne santé », comme on disait alors. Une fois le dossier déposé, deux d'entre nous ont passé des coups de fil là où le fond rance de leurs carnets d'adresses et de leurs vieux réseaux pouvait encore leur permettre d'accéder. Pas au sommet, mais assez haut dans la hiérarchie pour que ce projet recoupe l'intérêt d'untel, ou le souci du manager de la Régie immobilière de montrer qu'il en avait sous le coude, des « solutions innovantes » – on ne saura jamais vraiment. Notre aventure cohabitante, en tout cas, a commencé par l'un de ces pistons obscurs, intraçables, qu'on maudissait comme la tare de notre génération, le pire vestige du vieux monde. Il a fallu quand même un peu d'huile de coude pour que prenne le large, et croie voguer tout seul, notre navire de pirates boiteux. Mais il a aussi fallu qu'on y croie, évidemment, qu'on en ait une énorme envie, pour qu'on y mette autant d'énergie.

On n'a choisi, dès lors, ni le quartier, prisé d'aucun de nous, ni l'immeuble modeste, fissuré et bancal. Ni surtout la rue, l'une des moins avenantes de Paris. On est rue Érard, au 23, le deux-trois on dit aussi, près du coin avec la rue de Reuilly, dans l'un des très rares immeubles anciens de cette artère grise et laide longée de barres peu ragoûtantes – percée pourtant dès la fin du XVIIe siècle, au moment où Mazarin fait aménager le cours de Vincennes, on s'est renseignés. Tout est possible, même de se retrouver à vivre à plusieurs à Reuilly-Diderot. Car avant Érard on avait vécu, respectivement, dans le vingtième, le dix-septième, le quatorzième arrondissements et, dans mon cas pendant vingt ans, aux confins du dixième et du onzième. La traversée de ce dernier en diagonale m'aurait alors mené jusqu'à

Faidherbe-Chaligny, à un jet de pierre de chez nous, mais depuis mes parages drus de la rue des Goncourt, derrière la pauvre église Saint-Joseph, où j'avais frôlé pendant toutes ces années des boutiquiers orientaux, des réfugiés sans abri et une bohème vieillissante mais toujours arrogante, il était impensable qu'il y ait à Paris quelque chose comme l'ambiance familiale, provinciale, ancestrale et sédentaire de ces grandes rues aérées à l'urbanisme bâtard. Depuis Goncourt, Reuilly-Diderot n'existe pas. Je ne savais pas, n'aurais même jamais imaginé, qu'on pût trouver à Paris ces avenues de briques et de broc, Daumesnil ou Diderot, ces grands cieux au-dessus des rails, cette populace inchangée des faubourgs et cette lumière foncée, plus caucasienne que lutécienne. Au début, on râlait. On bénissait notre intérieur mirifique et, dès qu'on foulait le bitume d'Érard, on maudissait ce quartier hétéroclite et fonctionnel, sa disgrâce excentrée.

Puis on s'y est fait. On a sympathisé, sur le même trottoir, avec le fromager dépressif et le boucher balourd. On a adopté, peu à peu, le rite déjeunatoire de la placette du Colonel-Bourgoin et les délices muets du traiteur sarde de la rue de Charenton. On s'est mis à aimer la vision vaguement algéroise de ces façades scabreuses et de ces squats de jeunes en jogging. On a intégré, sur la grille des loyers en hausse et des pensions en baisse, l'idée de notre déclassement relatif, matérialisée par cet exil dans les marches du douzième ; puis on a retourné le destin, fait nôtre ce pays d'exil, chérissant l'alchimie urbaine qui nous faisait en être, si vite, comme on s'invente un passé, en citoyens d'honneur. On a pris même un plaisir étrange, presque un plaisir de renégats, à nos balades pionnières, nos premières balades d'explorateurs, ambitieuses, jusqu'aux rues pelées qui longent les rails de la gare de Lyon ou aux villas modestes de Picpus et Bel-Air. Les premiers mois, pourtant, on ne partait que vers Faidherbe, on marchait vers les premiers fastes du onzième, par réflexe, dépassant l'hôpital Saint-Antoine en retenant notre respiration pour aller nous égayer dans les jolis cafés à l'ancienne de la rue Paul-Bert et de la rue Chanzy. Mais assez vite, mélange de logique des lieux et du zèle des nouveaux arrivants, on n'est plus sortis de chez nous que pour aller vers le sud et vers l'est, vers les tréfonds du douzième, les horizons rebutants de Montgallet ou Dugommier. Et à partir de là, quitter notre margouillis du haut Reuilly pour les pierres de taille prétentieuses du onzième nous aurait paru la pire des trahisons.

Ensuite il y a l'immeuble. Il y a sa vétusté et sa taille modeste, comparées à ses grands voisins plus récents. Il y a ses fissures visibles de la rue, ses renforts métalliques près du toit. Il y a ses deux cours miteuses aux mille odeurs, sa façade crasseuse sur la rue, dite en pierre de Paris – faite de ce qu'on avait trouvé là, du moins noble des matériaux extérieurs –, il y a certains pans de mur jaune-gris qui ont dû un jour être blancs : tout fait oublier cet immeuble médiocre, qu'on croit avoir vu cent fois. Lui et ses deux ou trois voisins forment une enclave sans âge maintenue sans raison au milieu d'un urbanisme planifié, une cloque décrépite qui, comme des centaines de ses cousines intra-muros, a échappé aux ripolinages haussmannien puis d'après-guerre, à la mue de la ville en un bloc homogène. Si ce bout d'Érard y a échappé, c'est que la topographie ne s'y prêtait pas, à moins qu'il n'y ait eu des anomalies souterraines ou la résistance d'une copropriété séculaire – on ne sait jamais vraiment à quel hasard quelques lopins chaotiques doivent d'échapper au prurit écrêteur et uniformisateur qui démange les technocrates parisiens une ou deux fois par siècle, quand un baron zélé ou un président moderne tracent des lignes au cordeau sur les décombres du Paris populaire. On ne le sait pas, mais c'est clairement le cas de notre petit immeuble.

Au début il nous intriguait, notre drôle d'immeuble ; il nous occupait, nous obsédait même parfois, avec ses deux cours mystérieuses et ses habitants insolites. Les premières années, on vivait à son rythme. On épiait la vamp sans âge du quatrième, avec ses formes refaites et son maquillage à la truelle, ses implants mammaires XXL et ses clins d'œil salaces ; on l'épiait parce qu'on soupçonnait – et on a bientôt pu confirmer – qu'elle tapinait à l'entresol, dans la loge abandonnée de l'ex-concierge, pour ne pas effrayer familles et vieillards autour d'elle, sans doute. Au début, on parlait beaucoup entre nous des Algériens du deuxième, surtout pendant le ramadan, quand leurs banquets familiaux animaient nos nuits, avec musique à tue-tête et portes qui claquent. Au début, on s'agaçait puis riait de ce que l'élégant Sénégalais du troisième descende chaque jour à la même heure démarrer sa Mercedes défraîchie, garée devant l'immeuble, et en fasse entendre le moteur et cracher le pot d'échappement pendant une heure – répondant civilement à nos questions pour nous expliquer, selon les jours, que c'était le seul moyen de garder sa place ou d'entretenir sa mécanique. Au début, on ricanait quand le poète mal coiffé du premier bondissait par surprise d'un recoin obscur pour déclamer quelques vers de son cru à Suzanne, qu'il aimait d'amour courtois et attendait des heures entières, malgré leur demi-siècle d'écart. Au début, on enquêtait à pas de loups sur les agissements inquiétants en provenance de la deuxième cour, de l'immeuble du fond, là où les fenêtres sont grandes ouvertes sur des familles criardes et où des inconnus passent et repassent en transportant de gros sacs de sport. Au début, on s'inquiétait que dans notre immeuble à nous, plus tranquille, les pauvres du deuxième aient besoin pour leurs ablutions des toilettes d'étage désaffectées et couvertes de champignons noirs, leur proposant en vain notre aide et nos salles de bains. Et on s'inquiétait aussi qu'un appartement du premier étage semble rester vide, sauf de rares visites nocturnes et un bruit de moteur audible derrière la porte – on s'était même installés certains soirs dans l'angle mort du couloir où on se relayait pour espionner par équipe de deux, chuchotant dans l'obscurité, retenant notre respiration, obnubilés par l'énigme de ce logis vacant et les hypothèses invraisemblables qu'on laissait germer sur ce qui pouvait bien s'y tramer, atelier illégal ou hackers russes, ou version au goût du jour de la séquestrée de Poitiers. On avait mis des semaines à trouver le pot aux roses : un type louait l'endroit pour y fabriquer, dans plusieurs congélos bruyants, des pains de glace qu'il allait livrer nuitamment. Évoquer tout ça aujourd'hui, m'étonner de m'en souvenir aussi bien, me rappelle qu'on ne s'est pas ennuyés, au début ; en tout cas on y passait du temps, beaucoup de temps, dans les parties communes, les courettes poisseuses, avec les voisins bavards. Et peu à peu, de moins en moins. Puis plus du tout.

C'est aussi que cet immeuble oubliable, oublié par nous au bout de quelques années, n'a vraiment pour lui, luxe invisible derrière sa façade lépreuse, que notre dernier étage spacieux, avec sa terrasse et sa portion surélevée – et l'ascenseur tardif ajouté dans un écrin vitré le long du mur de la première cour. L'ascenseur qui arrive, d'un quart de tour de clé, directement au milieu du hall d'entrée de l'appartement. C'est le seul détail, mais pas des moindres, qui fasse ressembler notre habitation à un loft new-yorkais et, par là, qui flatte le peu de vanité qu'on ait tous les quatre. Quiconque y vient faire une première visite aura droit, dès le hall, à notre air de suffisance, à la légère fatuité, honteuse et comme enfantine, de qui le reste du temps n'aime pas se vanter. L'ascenseur était en construction quand on a emménagé ; on a juste demandé à la copropriété si on pouvait supprimer la porte palière, pour qu'il atterrisse chez nous. Bingo.

Comment on habite

C'est là qu'on est, au deux-trois Évard, depuis si longtemps. C'est là qu'on est plus qu'on n'a jamais été nulle part. On vit là, éternels, avec nos façons, nos bisbilles, notre confort aussi. Oui, parce que certains n'imaginent pas que ce confort est l'œuvre de quatre retraités modestes, qu'il est ce qu'ils ont su faire ensemble au fil des ans avec leurs moyens limités – jusqu'à prétendre qu'on habiterait « bourgeoisement » Finale Fantaisie, un adverbe disgracieux auquel aucun de nous n'a jamais identifié notre aventure commune : quand il est lancé, c'est comme s'il salissait le groupe, nos vies, l'idée même de Finale Fantaisie. Je ne saurais dire si cette vie de bon goût dans cet espace douillet fait de nous des bourgeois ; mais je sais qu'en la matière on n'a pas peur des contradictions. Par une étrangeté propre à notre génération, mais aussi à nos parcours à chacun, il y a un vieux déni de classe dans notre rapport à la bourgeoisie – cette bourgeoisie qui nous rebute mais dont on a quelques traits bien typiques, dont on n'a pas les moyens financiers mais peut-être la gestuelle ou la syntaxe. Cette bourgeoisie dont deux d'entre nous sont issus et que les deux autres ont rejointe, plus ou moins, mais qu'on en abhorre d'autant plus. Gare à ceux qui oseraient, comme l'ont encore tenté nos enfants récemment, pointer lesdites contradictions : on les enverra promener sans ménagement. Parce que notre haine de l'esprit bourgeois est sincère, ancienne, étayée, elle est abreuvée de Rimbaud et de Léon Bloy, de jusqu'au-boutisme à la Debord et d'aristocratisme à la Malaparte ; on n'a jamais compris, pour autant, en quoi notre grand appartement parisien, qui fut d'abord un logement social, et les petits comptes épargne ouverts pour nos descendants la rendraient moins crédible. Les bonnes manières et le savoir-vivre nous semblent, chez tous les bourgeois du monde, masquer mal le dédain et la violence, justifier ignoblement l'arrogance et la vanité. On les a pourtant nous aussi, chevillés au corps dorénavant. Mais sans l'hypocrisie du bourgeois. À sa duplicité abjecte, qui le fait tendre une oreille charitable à ce dont il se fiche complètement, on a toujours préféré l'écoute franche et le cœur sur la main des êtres plus modestes, encore plus depuis qu'on ne fréquente plus au jour le jour que les petites gens du quartier Reuilly. Mais du bourgeois on voit de moins en moins, en même temps, pourquoi on n'aurait pas, à notre âge, le confort, la culture classique, l'habitude de ne pas se faire chier et beaucoup de réflexes inconscients : on les associe, par la force du déni, à notre classe d'âge plus qu'à une classe sociale – malgré la misère des vieux, qu'on connaît bien.

Et notre déni, on l'affûte jour après jour par nos réflexes de trublions, nos comportements enfantins, jusque dans notre quartier. Dans la file d'attente de nos petits commerces, on est capables de lancer à la dame apprêtée que son sac à main de marque affame le sud du globe, ou au retraité tiré à quatre épingles que ses mots bouffis étouffent la poésie. On les invective d'un seul coup, sans gêne. Ils nous prennent pour des vieux fous et répondent rarement. Et en passant entre les véhicules d'une rue embouteillée, on peut taper sur le capot d'une voiture de sport en criant « nanopénis ! » en direction de son conducteur à lunettes de soleil. Comme des lutins du temps jadis – alors que je l'ai revendu il y a trois ans, et à regret, mon petit break décapotable, trop fatigué pour voyager et trop miraud pour ne pas mettre Paris en danger. De même qu'on peut surjouer l'extrême vieillesse, en rajouter dans la lenteur pénible et le mouvement impossible, pour le plaisir de demander au quidam dont la tête ne nous revient pas, ou l'allure trop chic, de déplacer pour nous ce cabas plein à craquer ou porter en plus des siens nos sacs trop lourds. Mais on est tout aussi capables de maudire pour un rien, alors qu'on l'aime tant, la jeune Salvadorienne qui fait le ménage chez nous deux fois par mois. Ou d'engueuler par téléphone le conseiller bancaire parce que sa « paresse » ne justifie décidément pas nos frais annuels « exorbitants ». On leur parle mal, sans vraiment s'en rendre compte désormais. Bourgeois, pas nous – cette engeance qui survit à toutes les révolutions. Qu'il s'agisse d'abominer la petitesse spirituelle ou l'esprit de boutiquier, ou d'insulter les proches qui moqueraient nos aises et notre petit standing, voilà bien un sujet en tout cas sur lequel il ne faut pas venir nous chercher. Ce n'est pas parce que le bourge empeste, dans tous les aspects de son existence, qu'on ira vivre pour autant, à quatre-vingt-dix piges, dans une cahute de punks ou une coopérative agricole du Moyen Âge. Quand même.

Bourgeoisement je ne sais pas, mais on vit au large, plus au large que la plupart de nos congénères. À Finale Fantaisie chacun a sa chambre ; la mienne a ce lit immense où je dors chaque nuit depuis dix-huit ans – j'ai dormi dans tant de lits différents, exprès, toute ma vie durant, et là pendant si longtemps dans le même, pour toujours dans l'absolument même. Et surtout chacun a sa salle de bains, comme à l'hôtel, comme à l'Ehpad, un luxe qui avec l'âge n'en est pas un, obtenu au départ en bichonnant l'architecte public chargé du réaménagement de l'étage. Et tout le reste est vaste. L'entrée, déjà, qu'on appelle « hall » avec une autre grimace un peu poseuse, est grande comme un atrium et doublée, dans un large renfoncement à droite de l'ascenseur, d'un garage cocasse pour les équipements de marche et les véhicules susceptibles de monter par l'ascenseur – cannes à pommeaux extravagants, béquilles plus temporaires, chaise roulante repliée, trottinettes au début ou skateboards des petits-enfants, deux chariots de courses, un déambulateur pas très frais et, objet de tant de polémiques, un petit caddie de supermarché à demi rouillé. Il a beau se tapir dans l'alcôve, sa présence dans la lumière tamisée de l'entrée, entre les reliures érudites et les murs terre de nuit, est tout à fait déplacée. On voit surtout le caddie en quittant l'appartement, heureusement. Sa vision familière et métallique ajoute alors aux impressions mêlées qu'on garde du moment passé à Finale Fantaisie, dîner bavard ou après-midi mélancolique, une touche finale de délabrement baroque. C'est qu'il prend trop de place, n'a rien à faire là ; il exhibe en vain son culot rouillé et semble relier le confort des lieux à une origine contraire, inavouée, ruse de bidonville ou astuce gitane, qui vient rappeler qu'il n'est rien ici qui ne soit anormal – rien qui ne se passe comme ailleurs.

La pièce de vie, elle, est la plus imposante. Elle est bordée côté cour, le long de la terrasse, de grandes baies vitrées – dont Suzanne s'obstine à nettoyer les pans de verre encore accessibles, et dont Bob tient à huiler les billes au niveau du rail –, et côté rue par trois fenêtres classiques, moins ensoleillées. Le côté cour, avec sa double hauteur sous plafond, a quelque chose de monumental qui lui vaut son appellation de cathédrale. La terrasse a une taille décente ; on y fait pousser des fleurs rares et des herbes pour la salade. De là, la vue panoramique plonge sur un chaos de toits anciens et de barres de béton plus récentes, qui ont plus mal vieilli. Avec pour seule tache de couleur, dans le paysage blanc et gris des tours et des toits, une coque dorée, pile en face, qui enrobe l'escalier hélicoïdal extérieur longeant la barre d'immeuble devant nous : le ruban de métal blond qui sert de gangue ascensionnelle à cet escalier de service a souvent figuré pour nous, à l'heure de l'apéro ou des matins pensifs, le colimaçon fantasque par lequel on rejoindra le ciel. Au-delà de la cathédrale et de sa terrasse commence le territoire qu'on a nommé « de l'alim », la zone des bouches et des ventres. Nos petits pas clopinants nous y conduisent, dans le désordre, plus de dix fois par jour, tant bien que mal.

Le territoire de l'alim, c'est une grande cuisine américaine aux proportions et aux matériaux extravagants. Côté cathédrale, on a un authentique comptoir de bar en zinc, qu'on avait racheté à un cafetier picard en faillite et fait hisser jusqu'à la terrasse par la nacelle des déménageurs, un comptoir à angle rond et moulures de chêne devant lequel quatre tabourets trônent, assez bas et confortables pour qu'on s'y juche encore, parfois. Au milieu, c'est la longue table en formica jaune à laquelle on prend nos petits déjeuners, en ordre dispersé. Oui, on tient à la solitude de ce moment-là, ce moment ébouriffé où coule dans le sablier des jours le temps de nos survies – si du moins, comme le disait ma mère, être mort c'est ne plus faire partie de ceux qui prennent leur petit déjeuner. Dans le prolongement de la table on trouve une alcôve creusée dans le mur du côté rue : elle sert de garde-manger durable et de cellier, avec en ligne de mire, visibles depuis la cuisine, les culs des bouteilles de notre réserve de minervois sans sulfite, dont on aime tant le nom, « Savoir vieillir ». Et dans la longueur, formant le fond de l'appartement, il y a tout le mur de travail, comme on dit aussi, impressionnant alignement d'équipements électroménagers d'abord, pensés pour nos vieux corps, y compris machine à laver et sèche-linge américain, de deux éviers et dix placards et, juste devant les trois lucarnes à barreaux percées dans le flanc aveugle de l'immeuble, de trois plans de travail blancs. C'est là que, certains soirs, si on est en forme, ou si on reçoit du monde, ça émince et ça tranche, ça égoutte et ça farcit, joyeux atelier de vieillards jacassiers dont le choc répété des couteaux sur les planches à découper, tchak tchak tchak, recouvre les paroles intermittentes. J'ai bien dit certains soirs, parce qu'il ne faudrait pas non plus imaginer une fin de vie en jardin d'Éden, quatrième âge en ZAD hilare – la petite communauté idéale d'increvables estropiés dont la bonne humeur contagieuse aurait affermi les corps et vaincu les peurs de la mort. Au début on a tellement voulu le croire, puis le faire croire. Quand on a cessé d'y croire, on a gagné en tranquillité.

Car Finale Fantaisie est peut-être « chill », comme ma petite-fille l'a décrété sur le compte public de son réseau social – où elle avoue « kiffer l'aprèm fat perchée là-haut », alors que moi je les trouve beaucoup trop rares, ses après-midi chez nous –, mais ça n'est pas vraiment ce temple du fouriérisme jovial que certains jaloux aiment à se figurer. Ou auquel certaines fins de soirée pourraient faire penser. La joie s'est échappée de chacun de nous, par je ne sais quelle cheminée du corps, quelle soupape de l'âme.

Et s'il nous arrive encore quelquefois de la produire ensemble, d'en cracher un nuage de vapeur collective, Finale Fantaisie n'est pas, à proprement parler, un lieu de joie, un club joyeux. Il est plaisant, notre clapier, mais la joie y est rare. Elle n'y a lieu désormais que certains soirs, prévus à l'agenda commun, dîners nostalgiques un peu arrosés qu'on y tient parfois ou le banquet mensuel volontiers tapageur qu'on a imposé à nos enfants et petits-enfants, pour le plus grand bonheur de certains, qui ont le sentiment d'y aborder ce qui n'avait jamais été dit, mais aux dépens de quelques autres, qui trouvent agaçants les péroreurs croulants et leurs restes d'orgueil. On leur demande à tous de nous aider à préparer cette réunion bordélique à l'humeur imprévisible, à laquelle ils n'ont pas le droit de couper, ou alors avec une excuse sérieuse – on en ressort toujours, quant à nous, exténués pour les trois jours qui suivent. Car le reste du temps, presque toujours en somme, notre bel étage kolkhozien, traversé par nos boitillements, nos dandinements, le son des questions éraillées auxquelles personne ne répond faute de les avoir entendues, a plutôt l'allure d'un sanatorium un peu insolite dans un temps arrêté. Il a l'air tranquille, le rythme ralenti, un peu fatal, d'un tapis roulant traînard qui mènerait quatre carcasses engourdies vers on ne sait quel abysse. Un tapis si lent, si insupportablement mou, qu'on n'en voit pas le bout, heureusement, et qu'on n'a pas l'air de savoir que le bord du précipice se rapproche, avec le temps. À moins qu'on ne veuille pas l'admettre. Il se trouve qu'on a conçu l'endroit pour nos vieux jours mais qu'on refuse de l'y réduire : on y a ajusté maints détails à nos pauvres limites mais on rechigne à y recourir, ou juste à s'en souvenir, de peur que ça nous démoralise. Petites tactiques de déni, petits refus de la fin : c'est un appartement de vieillards qui ne savent toujours pas qu'ils le sont.

Juste après l'installation, Suzanne nous avait fait part de sa théorie du triangle des Bermudes, selon laquelle l'âge venant fait émerger dans les maisons qu'on n'y a pas adaptées des zones délaissées, intouchées, bientôt oubliées, angles morts et nids à poussière, inaccessibles ou incommodes : fauteuils trop profonds, meubles trop bas, placards trop hauts, recoins sous les combles, baignoires impossibles à enjamber, monceau de livres ou de dossiers trop lourds à déplacer ou juste, au sol, ce tapis que ses plis rendent périlleux mais son poids ou son volume dissuade de mettre ailleurs – on se contentera de le contourner. Les premières années, Bob et elle ont donc « adapté » Finale Fantaisie. Mais puisqu'on ne subvertit que ses propres règles, on a souvent détourné ou refusé lesdites adaptations. La chaise longue de psychanalyste, avec ses pieds trop courts et son angle d'assise trop rigide, on l'a éloignée de la cathédrale mais je continue d'y bouquiner de temps en temps, résolu à ce que sa symbolique et les mots passés qui s'y sont sûrement logés l'emportent sur son inconfort. Les placards du haut dans la cuisine, qu'on peine à atteindre désormais, l'usure du cartilage des épaules nous rendant difficile le geste de lever les bras, Bob a choisi d'y entreposer ses chocolats, dont il raffole – comme un enfant met son trésor à l'abri des convoitises. La quadruple tête de lit qu'il nous avait bricolée, une par chambre, au prétexte que ce lit où on passerait de plus en plus de temps avait besoin d'un dossier ferme, Leïla a déplacé la sienne près de la fenêtre pour en faire un panneau d'affichage et j'ai posé la mienne contre le mur pour que les petits-enfants puissent m'y écrire des mots doux – elle s'est avérée, pour chacun, nettement moins agréable que deux gros oreillers bien placés. Quant aux cinq barres d'appui que Suzanne avait tenu à installer à différents endroits de la maison, mais qu'on déteste plus que les autres objets « adaptés » tant elles évoquent l'ergonomie des toilettes pour handicapés, on a pendu des torchons à celles qui jouxtent la cuisine, installé un coin gym devant celles de la salle à manger et, ne sachant que faire de celle du salon, on y a enroulé le lierre feuillu qui débordait du pot voisin. Il y a même des vestiges qui, avec leur fonction, ont perdu leur sens, parfaites énigmes à venir pour les ethnogérontologues : la pile de livres d'art fixés les uns aux autres dont on avait fait un marchepied trop précaire, ou le transat de la terrasse, voué au départ à nous assurer la dose requise de vitamine D – bronzette thérapeutique, pensait-on – mais contre-indiqué pour nos dos fragiles, ce transat que Leïla et Suzanne, un matin de printemps, ont fini par lacérer, sculpter, repeindre, agrémenter de plantes et d'objets étranges, mystérieux autel pour un culte sans nom.

J'aime ces histoires d'usage, surtout de mésusage. Mais raconter les objets ou décrire les lieux n'est pas mon fort – même si je dois dire un mot de la salle de jeux, grande pièce poussiéreuse à l'angle du couloir. Elle était notre fierté les premières années, avant de devenir, inadaptable, pour le coup, le petit Angkor du vieux Khmer joueur, un sanctuaire récréatif abandonné un jour mais rituellement visité depuis – et réutilisé encore pendant nos banquets par les petits-enfants, qui viennent y tromper leur ennui. On avait pourtant adapté ce qu'on avait réussi à collecter et à y faire installer : un vrai flipper des années 1980 aux quatre pieds sciés, pour pouvoir y jouer assis sur un gros fauteuil mou, sur le plancher une marelle à la craie, puisqu'on croyait que les vies finissaient comme elles avaient commencé, un vélo d'appartement détourné par un vieux geek de nos amis en « littéroscope », les coups de pédale y faisant défiler sur un écran primitif des images mais aussi des suites de mots aléatoires, une roulette et un black jack de casino qu'on n'époussette plus depuis des lustres et, pépite de notre salle de jeux – elle en occupe la moitié mais a été délaissée la première –, une piscine à boules de mousse colorées dont on avait imaginé, je ne sais plus dans quel accès de folie, qu'y nager sur les grosses balles, s'y lover dans l'amas de mousse, serait bon à la fois pour le dos et pour l'humeur. Le toboggan de plastique qui y plonge et le bord carrelé qui l'encadre sont cassés depuis un bail. Mais comme aire de jeux pour les petits-enfants et comme relique du désir initial, insensé, qui nous avait rassemblés, la piscine à boules fait encore l'affaire. Il n'y a que le Carrom, le billard indien traditionnel rapporté du Tamil Nadu il y a trente ans, auquel on joue encore, de plus en plus rarement. Devoir déplacer le lourd plateau de bois peint jusqu'au salon et retrouver tous les palets noirs et rouges dans la poussière de la salle de jeux n'est plus vraiment de notre âge. On parle encore du Carrom, mais on y joue très peu. En fin de compte, il n'y a que le banc de bois sous la fenêtre qui nous mène encore parfois dans la salle de jeux, pour y partager le petit splif d'herbe pure que Bob y roule une ou deux fois par semaine – l'herbe très acceptable qu'il envoie Leïla lui acheter tous les deux mois dans une cité derrière la porte de Bagnolet, où elle aborde les petits vendeurs avec son chariot de courses et leur idiome : « Eh, t'as de la frappe ?... »

Mais les jeux, on y tient encore ; ils justifient le groupe. Sauf qu'on joue à ce qui nous fatigue le moins et ne nous déprime pas trop. On avait d'abord abandonné la piscine à boules pour le flipper, puis le littéroscope pour le Carrom, et bientôt ces dispositifs eux-mêmes, trop physiques, pour des jeux plus verbaux, nonchalants, déconnants parfois. Comme ce portrait chinois auquel Suzanne insistait pour qu'on joue pendant qu'on cuisinait. Ou comme ces séances absurdes de « ni bite ni chatte », sorte de « ni oui ni non » du cul – l'effort hilare pour ne plus dire que ça, surtout quand ça n'a rien à voir, en se tapant le front avec la paume comme un joueur qui vient de rater son coup. Ces séances passées à larder nos propos des deux mots inconvenants, ces séances qui me faisaient plus rire que les trois autres, on a cessé de les improviser à table. On les a eues quelques semaines de plus à l'heure du thé, du ton le plus sérieux du monde, pour mon plaisir presque exclusif. Je leur étais reconnaissant de continuer pour moi ; mais qu'ils ne rient plus à « ni bite ni chatte » m'a dissuadé de continuer à y jouer. On est revenus alors, si je me souviens bien, au jeu qui nous avait tant fait rire à vingt ans : les phrases dont on ne prononce pas le dernier mot, phrases lues au hasard d'un livre ou déclamées à haute voix dont les autres doivent proposer eux-mêmes le dernier mot, sans réfléchir, du tac au tac. Autant de mitrailles verbales bidonnantes puis ronronnantes qui ont fini, l'une après l'autre, par nous fatiguer, ne plus nous amuser. Rites de langage, jeux de bouche rusés, abandonnés à chaque fois pour un autre, puis pour rien. Ça tordait la langue, nos jeux, l'entortillait; mais pouffer ou batifoler, on en a perdu l'énergie, et jusqu'au désir. La langue comme le jeu se sont épuisés, nous ont épuisés. Il n'y a plus, à notre âge terminal, que quelque calembour essoufflé au détour de la conversation et, certains jours, le scrabble silencieux ou le poker marmonnant, moins agités, plus appropriés à notre fatigue générale. Et plus adaptés, eux aussi, à la salle à manger qu'à notre salle de jeux séculaire, de moins en moins fréquentée. Avec ses moulures ébréchées et les fantômes farceurs qui lèchent encore ses murs, elle nous semble parfois aussi lointaine que nos jeunesses : bloc de deuil dans le désert du passé, cimetière plâtré des illusions.

Rumination

Bon. Je ne savais plus trop sur quoi enchaîner. De quoi parler. J'étais perplexe, un peu démotivé. Alors je me suis relu. D'une traite.

Je n'aurais jamais dû.

J'ai eu l'impression que je plantais trop lentement le décor d'une action qui n'aurait jamais lieu. Puis, peu à peu, la sensation de quelque chose de dérisoire, d'oiseux, d'un gâchis intégral, et content de lui avec ça. Ça m'a foutu en rogne. Mais tellement. Du coup j'ai enchaîné sur des notes, immédiates, des commentaires furibards tout au bout du texte, là où je l'avais arrêté. Je me suis insulté à même la page. Traité de tous les noms. Je me suis jugé incapable de nous écrire, de raconter Finale Fantaisie. Moi qui avais toujours gardé secrète, plus utile à ma survie qu'une valve cardiaque, la certitude qu'il y avait peut-être quelque chose à écrire de la vieillesse qui valait la peine d'être écrit, quelque chose qui serait moins attendu, moins convenu, aussi singulier que la sensation qu'on en a – là j'en ai vu l'échec, définitif, au fil de mes lignes bavardes. Et je m'en suis tellement voulu. Je préfère vous épargner les insultes que je me suis adressées, que j'ai tapées furieux sur ce clavier, mais quand même. Je n'avais plus senti monter une telle colère contre moi depuis la fleur de l'âge, ou depuis mes tout premiers balbutiements d'écriture. Il y a une éternité. J'en voulais tous azimuts : à moi bien sûr de commencer un texte pareil, à mes vieux rêves idiots de rédemption par l'écrit, à l'écriture elle-même de ne rien pouvoir faire contre le destin, à ses tristes limites quand elle doit dire le rien, ce rien-là, et plus que tout à mon âge extrême qui m'enlève et le désir et l'objet, et la matière du récit et la force de le mener à bien. Je bouillais. Je fulminais. D'une colère qui ne savait plus où donner de la tête.

Colère contre ma pauvre première personne, d'abord. Je, je, mais je quoi ? Mon je a hérissé ce qu'il me reste de poil à chaque fois qu'il a surgi au fil de ma lecture. Colère contre l'impudeur pathétique qu'il y a, je trouve, à entamer un journal intime, une sorte de récit de soi, à un âge pareil, surtout pour raconter ses copains, si mal les raconter tant ils sont pris dans mon Je. L'impudeur qu'il y a, derrière le prétexte du groupe, à se montrer soi-même dans cet état. À s'exhiber. Oui, pour montrer son cul aux passants, il vaut mieux l'avoir lisse. Ferme. Glabre. Encore frais. Pas cette vieille fesse dégonflée.

Colère plus technique, ensuite, contre ma jolie construction, la succession trop soignée de ces premières étapes. Ceci avant cela : quelle connerie. Il n'y a aucun ordre qui vaille. Aucune raison, autre que de convention, de dire ceci avant cela. On sait qu'une conscience déboule, bonjour, début du livre, et on sait qu'on va mourir, adieu, dernière phrase – mais entre les deux c'est un sacré boxon, qu'il est idiot de vouloir organiser. Colère contre mon réflexe de démiurge minuscule, qui vient plaquer l'arbitraire d'un ordre sur ce bordel des vies. Jamais de fil à l'histoire, en fait, mais juste des morceaux de trame trouée, quelques ficelles éparses qu'on fagote ensemble. Que je fagote si maladroitement. Et puis quelle vanité de laisser se succéder des choses auxquelles rien d'autre ne succédera. De poser des jalons qui n'auront aucune suite.

Colère aussi, intime celle-là, contre la quantité, mon vieux vice de toujours : trop de trucs, trop de mots, trop de phrases et de ruses. Colère contre la profusion des choses, des gens, des listes et des faits, que j'accumule frénétiquement à l'endroit où je rêve de dépouillement, où il aurait fallu apprendre, enfin, à être sobre. À être économe, parcimonieux. La pagaille de mots et d'images, de jeux et d'impromptus que j'ai fait surgir au fil des pages est trompeuse, infidèle. Elle dit le contraire de ce que je voulais dire. Elle fait une nouveauté de ce qui n'en sera plus jamais une. Un événement, d'une absolue routine. Puisqu'il ne se passe plus rien, ou si peu. Puisqu'il ne nous arrive plus rien, ou si peu. Je suis nul avec le rien, je l'ai toujours été. Je le fuis, le nie, ou l'enrobe de son contraire, le bon gros tout trop bien écrit. À moins que ce ne soit la littérature qui soit nulle avec le rien – je vous jure, c'est ce que j'ai pensé un instant, histoire de me dédouaner. Et c'est vrai : mille ans de littérature seraient incapables de raconter l'extrême ressemblance de nos semaines, le train-train lambinard de nos heures. La littérature n'aime l'héroïsme qu'avec un enjeu, une signification supérieure, pas s'il a pour but la survie de quatre retraités. Sur son versant moderne, la littérature aime le néant de l'ordinaire, le temps qui ne passe plus ou le voyage au bout de la salle de bains, mais seulement si cet ordinaire est un vertige, le seuil de la folie. Pas s'il consiste à claudiquer jusqu'à la terrasse pour arroser les bacs ou à biffer la liste des courses sur la porte du frigo. Saloperie de quantité, la mienne, infime, et celle des grands, sublime : elle voilera toujours le rien. Elle le trahira, pipelette, au moment d'essayer de le dire.

Rien à raconter, donc. Mais comment le raconter? Comment ne pas surcharger la barque, et ne pas prendre la pose? Je m'en suis vu incapable, en me relisant, c'est ça qui m'a foutu en rogne. Et de constater, pourtant, que je ne pouvais pas m'en empêcher, que je le ferais quoi qu'il arrive. Il faut bien que je m'occupe, peut-être. Et que je m'exprime.

C'est là qu'a surgi la colère la plus froide, la plus amère. M'exprimer d'accord, mais à qui? Pourquoi me sentir obligé de raconter tout ça, de faire visiter les lieux, d'en présenter les habitants? À qui exactement est-ce que je fais visiter Finale Fantaisie? Pour plaire à qui? Convaincre qui de quoi? C'était une colère calme, profonde, de désespoir, d'impuissance : l'antique énigme de l'adresse m'a saisi, là, d'un coup, sur cet écran – son absence de solution m'a pétrifié, sur place. Je ne savais pas, n'avais jamais su, à qui je m'adressais. Avant on avait le temps, on pouvait se gargariser de ces histoires de destinataire inconnu, d'adresse obscure; mais cette fois, au bord d'en finir, ça m'a glacé. Je l'ai tournée et retournée en vain, la vieille question de l'adresse, comme si je la découvrais enfin : à qui s'adresse-t-on quand on ne s'adresse à personne? Quand on écrit, quand on inscrit, quand on grave ses petites histoires, leur regret, dans le matériau du temps ? J'ai cherché la réponse, énuméré en moi tous les possibles.

À mes fantômes, j'ai d'abord songé – réflexe de vieux, de qui n'a plus d'avenir mais un trop long passé. Sauf que mes fantômes, salaud que je suis, ça n'est pas les copains de toujours ou les vieilles connaissances qui tombent comme des mouches, qui partent l'un après l'autre, qui nous font aller au cimetière plus souvent qu'au supermarché – alors que merde, c'est à eux que je devrais réserver mes mots, rendre cet hommage de phrases – ; non, mes fantômes ça n'est pas mes morts mais juste mes chimères de vieux fou, les personnages de mon délire sénile. Au lieu de parler à mes disparus, je parle à des mirages, je m'invente un auditoire. Oui, bien souvent je fais le dingue devant le miroir de ma salle de bains ou à travers ma chambre et le reste de la mezzanine, parlant à des ombres que je suis seul à voir. Et en me rendant soudain compte que je fais ça jour après jour, sans que mes trois aimés n'en sachent rien, je me suis mis à vomir mon ridicule, à écumer de rage : contre mes radotages matinaux, contre les scénettes gâteuses que j'improvise tout seul debout à mon étage, à peine remonté du petit déjeuner, quand je donne une conférence à mon public de spectres, quand je suis à moi seul le spectacle et les spectateurs. Quand je soliloque à guichets fermés, commentant les arrivées bruyantes des retardataires, l'alignement de mes morts au premier rang ou, tout au fond, l'évacuation des auditeurs que j'aurais endormis – théâtre solitaire, pitoyable adresse. Destinée à personne, surtout. Pauvre conf, pauvre con.

Je me suis dit ensuite, plus sagement, plus scolairement, que je m'adressais peut-être plutôt à mes contemporains. Mais non, je les ai balayés eux aussi d'un revers de la main : ils m'emmerdent mes contemporains, on n'a rien d'autre en commun eux et moi qu'une vague date de naissance, une date de mort probablement concomitante, et tout ce qu'on aura vu s'écrouler entre les deux, de notre vivant – mais c'est une proximité pauvre, je me suis dit, passive, un lien calendaire, un lien triste, un lien pour les historiens mais pas pour les cœurs, et puis on s'en fout de ces histoires de génération, on s'en fout aujourd'hui de ces histoires de déclin, de ces histoires de fin du monde et de fin de tout, de toutes mes histoires si ça se trouve on se fout, complètement.

À qui je m'adresse, alors ? À Dieu et aux choses invisibles, j'ai préféré penser, d'un coup – pour élever le niveau. Rien que ça. Car des traditions tenaces, sur notre vieux continent, veulent qu'adresser une phrase sans savoir à qui revienne à rendre hommage au Parrain, à l'Esprit, à l'artisan du Verbe. Vraiment ? Mais non, ça ne marche pas comme ça. D'ailleurs, depuis que Dieu est mort, enfin depuis qu'on le dit, on parle beaucoup plus dans le vide, on est beaucoup plus nombreux à écrire trois fois rien, puisqu'il n'est plus là pour nous en empêcher. Et puis de toute façon je manque beaucoup trop de religion, de la moindre croyance même, pour arriver à dialoguer avec un destinataire transcendant, ou avec ses ersatz. On ne va pas se raconter d'histoires. Même en version animiste, hélas, ça ne fonctionne pas : j'aimerais tant que ma table de verre ou le ficus de l'entrée soient mes interlocuteurs, mes seuls lecteurs, que les nuages au-dessus d'Érard ou mon fauteuil qui en a tant vu soient les forces de l'esprit, les forces qui liront mes pages, les feront exister – mais ça n'est qu'un vœu pieux. Ou pas assez pieux, justement.

Alors que je désespérais de trouver une réponse, alors que devant moi le monde de mes destinataires se dépeuplait à vue d'œil, j'ai vu passer deux trois hypothèses de divan. Toujours malignes, celles-là, toujours un peu péremptoires : ce qui n'a ni nom ni visage mais justifie tous nos efforts, et fait sortir tous nos mots, n'est pas Dieu mais bien sûr maman – oui, maman, récipiendaire secrète de toutes les plaintes du monde. Ou alors c'est moi, ce qui est presque la même chose. On connaît le syllogisme imbécile : si le monde entier tient sous mon crâne, alors moi qui m'adresse au monde, je ne m'adresse qu'à moi. Mais non, rien à faire, ça ne marche pas non plus : Dieu c'est trop solennel, maman c'est trop facile, et moi trop mesquin, ou alors impudique. Pas mon genre, j'espère.

Pour couper court, je me suis demandé si je ne m'adressais pas plutôt à la mort. Oui, à la mort. Et à cette seule idée, un peu saugrenue quand on y pense, je me suis vu, plus vrai que nature, lui tendre mon majeur, à la mort, mon majeur droit, fier, insolent. C'est ça : je m'adresse peut-être à cette vieille Chienne elle-même. Celle qui n'est jamais là quand on Lui parle. Celle qui fait sonner creux nos jactances. Celle qui ne dit rien, ne répond jamais. Parler, écrire – c'est toujours à Elle, je me suis dit, rassemblant mes forces, canalisant ma rage, détournant de moi et de mon vieil âge mon inutile colère. Pour la Lui destiner, à Elle. Pas ma faute, la Sienne. Ces bêtises, dès lors, ou ces pages chéries, je les écris à Elle. Elle l'introuvable. Elle en vieux capitaine. Elle qui bientôt nous fera lever l'ancre, nous fera quitter enfin ce pays de l'ennui. Parce qu'on ne La voit jamais, sur ce putain de rafiot, mais on ne pense qu'à Elle : j'ai beau discuter, depuis le début de la traversée, avec les officiers de quart, avec les passagers, avec les matelots et les manœuvres, m'intéresser même aux clandestins de fond de cale, je ne m'adresse toujours qu'au vénérable skippeur. Au vieux capitaine. Je crois soudain L'apercevoir sur le pont avant mais je n'attrape qu'une bruine, deux gouttes de vent, alors qu'Elle est depuis le début, et encore plus vers la fin, l'unique motif de ma présence à bord. Le coup du bateau amarré pour le néant et de son invisible capitaine m'a séduit un moment, comme on se récite un souvenir, se rappelle un joli coup – mais il ne m'a persuadé qu'à moitié.

Ou plutôt : l'idée m'a convaincu, j'en ai souri tout seul pendant quelques instants, jusqu'à ce qu'un frisson me parcoure, tout à coup, un frisson irrépressible qui m'a donné envie d'être embrassé. J'ai eu envie d'être câliné. Serré, sauvé. Ou bien d'embrasser, de câliner moi-même tous ceux que j'ai nommés, et les innommés aussi bien, en tant qu'ils vont y passer, comme eux le font à moi, pressentir ma fin, et tous à tous – petite force des faibles. Oui, m'adresser à Elle, c'est m'adresser à eux. Les aimer d'être comme moi, mortels. Je me suis vu Lui tendre à nouveau mon majeur, ridicule, et me dire que je n'avais pas le choix : il fallait que je Lui fasse un enfant dans le dos, à cette Chienne, qui tous nous emporterait, il fallait que je L'embobine assez pour gagner un peu de temps. Le temps qu'il me faudra pour survivre, juste encore un peu.

C'est une dernière colère, coupable celle-là, qui m'a interrompu. Face à ma frayeur devant Elle, et à ma haine pour tous ceux qui La servent, mes jolies images n'ont pas tenu. Que j'écrive pour faire un doigt à la mort, comme un gamin ne ferait déjà plus, et non pas pour abominer les connards ; que je n'aie plus la force de ferrailler contre les ignobles, mais juste celle de fantasmer la faucheuse, de mettre en scène notre petit colloque à Elle et moi, sur fond de poème trop classique, trop familier – quelle indigence, quelle petitesse. Car il n'y a pas que la mort, cette abstraction : il y a tous ses larbins et tous ses imitateurs. Il y a la guerre à mener, que je devrais mener jusqu'à mon dernier souffle, contre les infâmes lieutenants de la mort, ces petits êtres odieux que toute vie droite devrait consister à malmener – leur liste est longue : les puissants, qui nous veulent tristes, les riches, qui nous aiment pauvres, les prêcheurs, qui nous prennent pour des cons, les haineux, qui déifient leur clan comme s'il en valait le coup, les sérieux, qui s'écoutent pleurnicher, les cyniques, qui ne méritent qu'un coup de tournevis. Et pire encore, les petits sorciers de la vie éternelle, convaincus qu'ils l'auront vaincue, Elle, dans vingt ans ou dans deux siècles, à force de la dissoudre dans la médecine génique et l'illusion de leur toute-puissance : oubliez-la, ça n'était rien, juste un défaut technique, un dernier progrès à faire dans le bidouillage de nos cellules. Tous des sales merdes, tous. C'est vers eux que je devrais braquer ma colère, c'est à les pourrir que je devrais réserver le peu d'énergie qu'il me reste. Mais non, je me sens trop faible, ou juste trop peureux. Je n'ai pas le cœur de leur faire la guerre, aux serviteurs ou aux substituts de la mort, de leur destiner mes harangues, à toutes ces raclures. La toute dernière ardeur que je trouve en moi, ici, je vais la consacrer à m'adresser à Elle, à lui présenter mon monde, lui décrire mes copains et nos petits riens, pour pouvoir savourer une minute de plus l'illusion du surplomb, l'illusion d'être à l'abri d'Elle, l'illusion qu'en m'adressant à Elle je puisse demeurer avant, m'en tenir à l'écart.

Comme souvent chez moi, la culpabilité a défait l'illusion, la haine de soi a dissous le mirage, instantanément : sornettes tout ça, j'ai pensé en fin de compte, confuses fariboles – c'est juste le petit film que me joue mon imaginaire éreinté, parce qu'il n'a plus la force d'inventer. Mais non, bien sûr, je ne m'adresse pas à la mort, ni d'ailleurs à maman ou même à vous : je me contente d'écrire chaque matin pour ne pas mourir. Voilà, c'est tout. J'écris n'importe quoi, pourvu que ça diffère l'échéance, que ça me fasse obtenir un petit lendemain de plus. Je n'ai rien à dire, oui, j'ai ce rien à dire, et je ne le dis que pour différer le néant. Avancer de phrase en phrase, leur ordre m'indiffère, mais tiré par le néant, tiré vers l'avant par mes lendemains qui vont se taire, ne plus jamais chanter. Je sais bien que ça n'est pas le meilleur âge pour écrire – aucun écrivain n'a écrit son chef-d'œuvre à la porte du cimetière. Mais c'est tout ce que je sais faire. Alors je vais arrêter de minauder, arrêter de jaboter sur le peu d'intérêt de nos vies de vieillards, sur le vide en moi de toute fiction, le ridicule de cette longue introduction à rien d'autre qu'à l'inaction, à nos existences immobiles, si tremblantes qu'elles se passent de mots – tout ça n'intéresse personne. Et surtout on s'en fout, puisqu'il n'est plus question de ce que j'écris mais du seul fait, brut, d'écrire. Je n'ai pas d'autre option si je veux respirer encore un tout petit peu, tenir debout au bord de rien.

Et là, tout au bout de ma colère, tout au bout de ma relecture, elle est venue enfin l'image juste, dédoublée mais limpide, l'image martiale, l'image métallique : chaque matin, j'écris le canon sur la tempe, c'est ça, j'écris le doigt sur la goupille, et si j'écris c'est uniquement pour que la balle ne me traverse pas la tête, c'est pour que la grenade n'explose pas tout de suite, pas encore. C'est ça, j'y suis : le canon, la goupille, les tenir, y tenir. J'essaie juste d'écrire froidement cette sensation froide, le métal froid du canon, le fer froid de la goupille, et le doigt surtout que je ne dois pas relâcher – et peu m'importe que j'échoue, que ça ne s'adresse plus à personne, si tout est suspendu, pour moi, à ce fil sans fil de la chute, au fil ténu de la fin, imminente.

Tout ça pour ça : écrire pour ne pas mourir tout de suite. Écrire ne remplace pas mon monde disparu, écrire ne sublime pas mes routines – ça en fait juste partie. C'est un peu comme rendre visite aux commerçants de Reuilly ou faire mes deux mouvements de gymnastique matinaux : c'est là pour retenir la vie dans ce temps égal, étale, qui interdit le changement, s'il est vrai qu'à mon âge celui-ci ne peut être que fatal.

Pauvre dernier

– Frizou !… Qu'est-ce que tu fais ?

– Je scribouille, comme d'hab… J'essaie de raconter la vieillesse, son ennui… C'est très chiant !

J'en ai assez de crier d'un étage à l'autre. Je descends de mon perchoir, malgré la douleur dans les jambes, qui vaut toujours mieux qu'une extinction de voix. Et je m'offre une pause avec Suzanne sur le canapé gris, le temps d'une de ses étranges tisanes rouges.

– Tu me sauves, là, je n'y arrivais plus du tout… Je bloque, je m'énerve… J'essaie de nous raconter, tu sais, nos petits riens, nos mensonges, pourquoi et comment on habite ensemble… C'est ma seule mission ici, nous écrire, mais là je sens que toi tu ferais ça beaucoup mieux que moi…

Je penche la tête vers elle, je cherche son regard foncé, qu'elle a baissé vers le plancher ; elle se tait, ostensiblement. Elle qui pourtant peut monologuer si longtemps, lancée sur les rails de ses paroles, comme elle dit, de ses paroles à elle qui la barbent, qu'elle ne peut plus arrêter et doit multiplier à l'infini, « sûrement pour empêcher l'échange », explique-t-elle parfois. J'adore ce qu'elle dit de son flot de mots, comme si elle n'en était pas l'auteure. Mais là elle se tait, ça s'entend – l'échange doit donc être possible, si je suis sa logique.

– Je ne suis pas content de ce que j'écris : c'est emmerdant, didactique, ça fait bon élève... Ça ne dit pas l'essentiel : que ça ne sert plus à rien de raconter... Tu vois je suis là, déterminé à les raconter nos vies, j'en déplie le décorum, nos bios en quelques mots, et puis tout à coup je reste sec, je ne vois plus l'intérêt... Surtout s'il n'y a plus rien après, et si personne n'en a quelque chose à foutre de nos vies... C'est comme s'il y avait un fil tranchant qui me coupait l'horizon, qui me coupait la joie, ou le sifflet. Justement, tout est là : l'autre jour je sifflotais, comme ça, à poil dans ma salle de bains, et j'ai compris qu'aucune gaieté, aucun lendemain heureux, ne le justifiait, alors je me suis tu, d'un seul coup, un peu penaud – à quoi bon siffloter... Eh bien écrire me fait exactement le même effet.

Elle me regarde, me fouille du regard, avec sa bouche triste. Mais toujours pas un mot. Je parle seul, de moins en moins certain de ce que j'avance.

– Siffler sans raison, écrire sans objet… Mais là où il y en a un, d'objet, à écrire, je veux dire nos vies, vos vies, eh bien je les rate, je les néantise, je les contamine avec mon obsession du néant, au lieu de les décrire, et à ce moment-là je me sens coupable pour nous, pour vous – en disant ça je sens une émotion monter, humecter peut-être un œil, je me demande si Suzanne le voit –, c'est trop con… J'aimerais arriver à raconter, dire comment on tutoie l'infini, comment nos corps sans chair ressentent des émotions plus vraies peut-être, parce que c'est dans le squelette, directement, dans la moelle, tout au bout de nous… Pour ça il faudrait que je me débarrasse de mes phrases alambiquées, que je passe derrière l'écran, que j'écrive à l'os, sans chichis, que je dise cette sensation brute de l'absence, notre absence d'objet, notre absence d'avenir… Mais est-ce qu'il y en a des mots pour ça? Pour dire l'impression que ça fait ce vide, la maigreur de l'âme quand elle n'a plus la chair de la fiction, l'épaisseur de l'imaginaire?…

Avec Suzanne, je me suis toujours fait beau parleur dès que je ne croyais plus assez à ce que je lui disais. Dès que je ne savais plus trop ce que j'étais en train de lui raconter. Il suffit que son silence fasse sonner faux mes justifications, que sa moue du menton me fasse voir mes limites, anticiper son exigence, l'intérioriser même – jusqu'à l'entendre me parler, parfois, alors qu'elle n'est pas là –, et tout de suite je surenchéris, je la submerge de mots, trop de mots, dont elle n'a jamais été dupe. L'éloquence venue embrouiller la perception, c'est une vieille histoire entre nous.

– Je voudrais tellement dénuder mes phrases, ma Suzanne, les réduire à un seul mot, mais non, j'enjolive, je m'applique, c'est creux... Et du coup, c'est comme si les seuls que ça aurait touchés, vous trois, ça ne pouvait que vous laisser froids, mes fleurs de mots fanées... c'est un peu comme si je n'écrivais pour personne... tu vois ?

Cette fois elle fronce les sourcils, un seul instant, ses sourcils noirs, réguliers, épais, impeccables. Qui retrouvent ensuite leur alignement.

– Je sais ce que tu penses, qu'il ne faut pas tout dire, être de tous les côtés à la fois, et qu'un détail vaut mieux qu'une idée, oui, je sais... bon, c'est pas grave tout ça, tu me diras, c'est mon passe-temps, je vise pas non plus le prix Nobel... enfin je le veux bien, si tu me le donnes.

Elle inspire, imperceptiblement plus fort ; je ne le sais pas au son qu'elle émet, trop discret, mais aux extrémités de ses clavicules, juste au-dessus de sa poitrine, qui se font un peu plus saillantes, presque luisantes. Ses salières bien visibles parmi le buisson bleu de ses veines, comme elle aurait dit aussi, quand elle parle, si elle parlait.

– Enfin bref, j'ai peur de ne plus écrire que par réflexe, d'écrire sans en être encore capable, juste parce que c'est tout ce que je sais faire... et encore, ce que j'essaie là, cette fois, n'a rien à voir avec ce que j'écrivais avant, autrefois... Mais je me sens tellement illusoire... J'ai l'impression d'être un homme-tronc qui se préparerait pour le marathon... ou un peintre aveugle qui tâterait sans fin le pied de sa chaise pour arriver à le peindre...

Elle me coupe, alors que j'avais enfin une image, enfin le courage de me raconter. Elle parle, ça y est. D'abord les yeux baissés. Sur son mug vide. Elle ne garde que le cœur de ce que je lui ai dit, là où je peine, puis elle enchaîne.

– Arrête de vouloir faire plaisir à tout le monde, déjà. Écris ce que t'as envie d'écrire. Et arrête de te contorsionner surtout, te complaire dans l'impuissance pour écrire que tu n'arrives pas à écrire, te convaincre que c'est ça qui serait intéressant ! Tout ce truc d'écrire pour ne pas mourir, pour se faire une petite gym de mots, une gym de l'être, je n'y crois pas, c'est de la fausse modestie, c'est pour enlever de l'importance à tout ça, oui, c'est surtout pour t'éviter de te coltiner les choses : l'objet, la sensation, le présent, la douleur, les tiens, les nôtres, tout ça ça existe, ça résiste à ta petite rhétorique, c'est là, tous les matins... On en a un de présent : raconte-le, bon sang, tu sais faire, raconte-le là où il est le plus mince, la vie comme une feuille de papier, c'est ça le projet, raconter le minimal... Fais-en un livre pour nous, pour tous les vieux du monde ! Ce qu'on vit, et que tu comprends si bien, on dirait que ça disparaît dès que tu montes taper sur ton clavier, mon pauvre bonhomme, et qu'alors tu préfères le rien et le vide, tes abstractions… C'est normal que tu perdes l'objet au moment de t'y mettre, surtout cet objet-là, mais insiste, traque-le, le petit rien de nos vies, la douleur du minimal. Détailler l'instant, de toute façon, t'as toujours eu du mal, plonger dans le trou du présent : ce que t'aimes c'est plutôt tirer les ficelles, fabriquer des pantins, ou alors répéter tes lubies, sur la guerre et la Gestapo, la mort cette vieille nazie – alors que c'est juste une posture, ça, pas une comparaison qui marche, parce que des camps je te rappelle qu'on pouvait en revenir… – elle me sourit, un seul instant. Enfin bref, que tu parades ou que tu survoles, tu t'arranges pour ne pas aller voir, ne pas rester en face, à hauteur d'homme… Vas-y voir, mets-toi en face, là où le présent est fragile, l'angoisse fait qu'on est encore là… Et pas juste écrire-pour-rien-tant-qu'on-n'est-pas-mort – ces derniers mots elle les prononce d'une voix surjouée, nasillarde, comme si c'étaient les miens. Tu m'avais montré quelques pages : c'est brillant, mais il manque nos plaintes, nos grimaces, tu préfères rester dans ta tour d'ivoire, sur ton perchoir, à distance, t'imaginer en dernier homme, nous imaginer nous en derniers d'un monde qui meurt… Mais merde à la fin, un monde qui meurt ça fait du bruit, ça a une odeur, ça fait peur ou plaisir, ça n'est pas qu'une idée... Raconte-les nos instants en miettes, notre présent qui tremble, raconte-les au lecteur, au vrai, sinon il risque de se faire bien chier... Bah oui.

Elle s'interrompt, replonge les yeux vers son mug. Je suis sonné. Je n'ai pas bien compris où elle voulait en venir, mais ses mots m'ont sonné. Je me suis ratatiné dans le canapé à mesure qu'elle déroulait son plaidoyer, à mesure qu'elle retrouvait son bel accent du Sud, le rythme en elle s'accélérant des images et des phrases qui surgissent. J'ai beau la connaître, savoir qu'elle parle ainsi par amour, parce que la vie la déçoit, savoir qu'elle sera toujours plus dure envers elle-même, tellement plus dure, et qu'un démon l'habite qu'elle ne contrôle pas vraiment dans ces cas-là, j'ai beau l'en aimer d'autant plus – à chaque fois je suis sonné. Elle le sait. Elle le voit bien. Elle m'aime d'être cet autre, son contraire, mais elle s'en veut de tirer à la carabine, comme ça, sans jamais savoir qu'elle tient une carabine. Alors elle reprend son souffle et continue d'une voix plus douce, en modérant ses arguments d'une façon qui, assez vite, les relance, les radicalise à nouveau, recharge sa carabine.

– Je dis ça mais j'en sais rien, et puis tu sais faire... Tu as raison sur le néant : il faut tenter d'écrire même quand il n'y a plus rien à écrire, un présent vide ça s'écrit aussi, loin du monde, de la vie qui s'éloigne... Mais alors ne parle pas à la place de, détaché, dis ce que ça te fait, à toi, du dedans, raconte le vertige, la perdition, l'éloignement... L'infini qui commence à t'aspirer, te « frôler » comme tu dis : raconte ce qui vacille, comment tu ne tiens plus debout... Bon, c'est un peu bidon de te dire quoi faire, comme ça, de croire que je le sais... Je ne te sers à rien, je me tais.

– Non, au contraire... Tu me rappelles ce qui compte, que j'oublie si vite. Tu veilles à ce que je déconne pas trop, ou plutôt : tu veilles au risque inverse, que je ne déconne pas assez, que je fasse le phraseur, qui contrôle tout, que j'en oublie le vertige, la chute... L'angoisse, la vraie...

Son regard se fait plus fuyant, il glisse vers la baie vitrée. Sans me regarder, elle me coupe à nouveau.

– Ça y est, c'est le retour de la courtoisie... Et vas-y que je suis désolé, que c'est toi qui as raison, et tout le tralala... On n'est même pas capables de s'engueuler pour de vrai, d'opposer nos vertiges... Aucun de nous quatre, d'ailleurs. Même Bob et moi, ça reste courtois...

– Tu plaisantes ? Vous vous fritez sans arrêt... Et nos disputes chaque jour sur les courses, sur le bordel que je laisserais partout, sur ta manie de tout inspecter, sur la bouffe trop fade de Leïla ou trop épicée quand c'est Bob qui s'y colle... Et les disputes sur mes examens inutiles, qui ruineraient la Sécu, sur les mecs qui boiraient trop et les meufs qui ne penseraient qu'aux petits cadeaux qu'elles veulent faire à droite à gauche – tellement cliché ! Sur les banquets avec la famille aussi, où certains participent et d'autres pas… Regarde, on n'arrête pas de s'engueuler, à tout propos !

– C'est ce que je dis : sur des broutilles, et ça s'éteint tout de suite. Alors que s'engueuler sur l'essentiel on n'en est pas capables. Un vieux sexiste qui se croit féministe, comme toi, et une femme qui déteste l'hypocrisie, comme moi, même pas capables de régler leurs comptes, sincèrement. Et Bob le bouffeur d'imams en plein dialogue poli avec Leïla la croyante : on a trop peur de se crêper le chignon ! Alors on s'agace sur des idioties, pour ne pas affronter le principal… le cœur des choses.

Avec un *o* aussi ouvert, les choses sont presque des chaises.

– Tu penses toujours que le débat est possible, nécessaire, qu'il doit aller jusqu'au bout, avec courage et tout ça… Mais ça marche pas comme ça, ma Suzon. Nos différends on les garde pour nous, on les connaît. On préfère maintenir l'entente, la confiance, avec le peu de temps qu'il nous reste…

– Mais ce temps qu'il nous reste, si on doit le passer ensemble, n'a d'intérêt qu'en se les coltinant, nos différends, avec le courage de la vérité, c'est pas toi qui vas me contredire… Je préfère la solitude triste à la colocation entre faux jetons.

Je l'interromps avec son onomatopée préférée :

– Wow wow wow ! Tu vas trop loin, mignonne, comme souvent. C'est entre les deux que ça se passe, pas aux extrêmes, la fusion ou la solitude… Entre la vérité et la bienveillance on slalome un peu, tu sais bien, on connaît nos points faibles, on fait gaffe les uns aux autres. Et ne me dis pas que ça aurait pu être autrement, qu'on aurait pu être plus sincères, depuis le début…

– O.K., on arrête alors, parce que tu vas bientôt me reprocher mon conditionnel passé, et tout le topo…

Elle relève le menton vers moi, d'un coup :

– Mais j'ai quand même une question pour toi, une vraie question, pour passer du Coca Light.

C'est la formule qu'elle a gardée, pour l'avoir mal entendue pendant des années, à la place de « passer du coq à l'âne » – une expression qui me rappelle à chaque fois, de mon côté, la blague idiote qui dit que c'est un enfer pour la poule, de « passer du coq à l'âne » : deux antipodes décidément, le monde de Suzanne, décalé, et le mien, potache, pas du tout la même langue, ni le même esprit – incompatibles, elle a raison. Dès qu'elle prononce dans cet usage le nom du soda honni, elle ébauche un sourire, immédiat, une requête d'indulgence pour sa formule bancale, qu'elle aime trop. Puis elle la pose, d'un seul souffle, sa question :

– Qu'est-ce qui, de ton corps, t'a le plus gêné, le plus embarrassé toute ta vie ? Quelle partie t'a fait honte, que tu aurais aimé changer, ou au moins oublier ? Essaie d'être sincère.

Ses questions imprévues, énormes, saugrenues, je les élude en général, les lui retourne si j'y arrive. J'essaie même, tant je connais son regard incisif, qui fouille l'invisible, de ne pas lui montrer à quoi je pense, ne pas lui faire deviner la réponse spontanée que je garde pour moi. Or, cette fois, en descente d'écriture, sans douleurs notables, je veux bien jouer le jeu, ne pas lui faire une de mes réponses de tartufe. Ce ne seront donc ni mes épaules étroites, qui ont plu, en fin de compte, ni ma calvitie précoce, dont j'ai vite pris mon parti, ni les deux bosses géantes sur mon front, que j'oublie toujours, ni mon profil ingrat, qui s'est bonifié avec l'âge. Ni même ma queue, qui m'allait très bien. Ça y est, j'ai trouvé. Je me lance :

– Ma bouche, tout simplement. Oui, ma bouche, j'en suis sûr. Elle a toujours été trop présente, impudique. J'en ai toujours senti le poids, comme un fardeau, une protubérance qu'il faudrait cacher, avec mes grosses lèvres, leur mouvement difforme quand je parle – tiens, tu vois, regarde comment elle fait, je déteste. Je me supporte à peu près, jusqu'à ce que je l'aperçoive dans un miroir, ma bouche, la voie parler. Elle est mon destin, mon gros destin baveux, lippu : l'histoire de ma vie c'est l'histoire de ma bouche. Tout ce que j'ai fait, je l'ai fait pour elle, pour lui faire plaisir. J'ai été tellement bavard, du genre à déblatérer à l'église ou au cinéma, à parler dès que je ne sais pas quoi faire d'autre. J'ai tellement aimé embrasser les femmes aussi. J'ai tellement aimé sucer les quelques bites que j'ai sucées. J'ai tellement souffert de mes addictions de bouche, mon indécence quand je mange, l'alcool que j'ai besoin d'y faire couler. Et les vingt ans qu'il m'a fallu pour sortir de la clope, ne plus rêver à chaque instant d'en coller une entre mes lèvres, pour les calmer, me les faire oublier, mes lèvres. Je me souviens d'une photographe, il y a longtemps, venue me tirer le portrait pour un truc de presse : elle me répétait d'oublier ma bouche, c'étaient ses termes, d'arrêter ma grimace, de ne plus poser avec la bouche en avant, un peu plissée, un peu trop consciente d'elle-même – j'étais fou de rage, à la fin je lui ai hurlé que c'était impossible ce qu'elle me demandait.

Suzanne a enfin son sourire radieux, son sourire qu'elle peut retenir une semaine entière mais dès qu'il s'affiche, illumine tout Finale Fantaisie.

– Elle est vraiment bien l'histoire de ta bouche, elle me plaît. Pour une fois que tu fais une réponse honnête. Et puis elle est belle ta bouche, elle n'est pas comme tu crois. On dirait un serpentin.

Et sans autre forme de cérémonie, ce dernier mot lâché avec un éclair hilare au fond de l'œil, elle me laisse planté là pour revenir à petits pas vers sa chambre. Je passe les doigts sur mes lèvres, pour vérifier si mon destin buccal est toujours un excès. Ou s'il est plutôt en forme de serpentin. Puis j'emprunte le même chemin qu'elle mais, à l'approche de la salle de jeux, je m'arrête net, caché derrière la porte entrouverte de la pièce, d'où me parviennent les voix étouffées de Bob et Leïla, presque des murmures. Ils doivent être assis sur le banc des fumeurs, sans fumer. Je les entends mieux maintenant, ne décelant, comme d'habitude, aucune trace d'accent – je m'en étonne toujours – dans leurs *r* pourtant roulés et leurs consonnes appuyées, malgré l'arabe maternel de l'une et l'espagnol paternel de l'autre. De sa chambre j'entends Suzanne parler au téléphone à l'une de ses filles, ses mots plus lointains se mêlent un peu à ceux de Bob et Leïla, comme si Finale Fantaisie parlait d'une seule voix. J'ai manqué l'essentiel, on dirait, car tous les deux sont en train de passer à autre chose :

– Et pendant ce temps, la première semaine du printemps est toujours pourrie. Grise et froide. T'as vu, c'est quand même dingue, chaque année c'est la même chose... On dirait un clin d'œil d'en haut, à date fixe...

– Toujours l'En-haut, mon lilas... Là encore c'est pareil : tout ce qu'on a placé en haut, c'est les

Symboles… Alors le Symbole de la saison nouvelle crée l'attente, comme le langage crée l'objet, et comme toute attente elle finit toujours déçue… Rien à voir avec la température moyenne ou la quantité de pluie cette semaine-là, qui n'a sûrement rien de spécial… Mais le Symbole, c'est la promesse de la frustration…

Avec ses réflexions chuchotées, son entrain dans l'argument, leur petit exercice d'épistémologie sauvage me frustre un peu, moi aussi, de ne pas en être, immobile derrière la porte. Debout caché dans le couloir je porte, une fois encore, mon vieux sentiment d'exclusion en bandoulière, venu du fond des temps. Et l'idée aussi, plus cruelle, qu'il n'aurait pas lieu, leur petit exercice, si j'étais là. Surtout qu'il a l'air de succéder à leur conversation favorite, de prolonger l'un de ces dialogues de sourds théosophiques dont Leïla et Bob ont pris l'habitude : à ma gauche, le doute ésotérique en forme de foi choisie, à ma droite, la certitude mécréante un peu surjouée, venue contenir les doutes de l'idéal, faire du bruit pour qu'on n'entende pas le silence déçu de la politique. J'adore leur distribution des rôles, la place parallèle de Dieu, ou de son absence, dans leurs univers respectifs. L'incertitude les éloigne puis les relie, le doute circule librement entre eux, passant soudain de l'athée à la pieuse puis retour, sans prévenir. Et même s'il n'y a jamais joute, jamais ni perdant ni gagnant, Leïla triomphe toujours de Bob, qui a pourtant le dernier mot, en repartant nimbée de ces éclats d'esprit laissés sur elle par ses après-midi rêveuses dans des lieux de prière – cette aura de quiétude que lui valent la croyance des autres, la ferveur des corps qu'elle a côtoyés sans un mot. On la lui envie, sa quiétude, du fond de nos incrédulités, on la lui envie tellement, même, que les arguments mieux affûtés de Bob, plus proches des nôtres, nous semblent être à chaque fois des victoires à la Pyrrhus. Et elle, l'une de ces saintes des premiers siècles, martyre tranquille, insupportablement rétive à la douleur, à qui son sacrifice donnera toujours raison. J'ai vraiment envie de surgir, d'être de la discussion. Mais aucune envie de réveiller ce débat-là, à eux seuls réservé, ce débat que ma présence viendrait gâcher, toute mon érudition inutile. Pendant que je gamberge, eux continuent :

– Je ne suis pas un enfant, mon grand, il n'y a pas le vieux barbu derrière son tableau de bord aux commandes du climat, sinon d'ailleurs il ne l'aurait jamais laissé se réchauffer comme ça… Ce qu'il y a, c'est notre amour du monde, l'amour en nous pour tout ce qui est, cet amour qui se promène dans nos petites histoires de temps qu'il fait, de cycles qui sont toujours de traviole, de saisons pas à leur place… Que de l'amour, Bobino, dans tout ce trivial… L'amour infuse tout ça, et le trivial du coup ce serait plutôt tes Symboles à toi…

Bob, en vieux guérillero, profite d'une faiblesse de l'adversaire.

– Comment ça, « Il » n'aurait pas laissé le climat se dérégler ?…

– Tu ne vois même plus nos ironies, à Lui et moi…

Mais il insiste dans l'intentionnalisme – je vois sans le voir sa pupille noire de chef inca, son œil de perceuse électrique :

– Qu'est-ce qu'Il a à voir là-dedans ton Allah ? Le réchauffement climatique, l'apocalypse en vrai, on peut y voir le Dieu vengeur, qui nous passerait un savon, nous chasserait une fois de plus du paradis, mais bof le paradis quand même… C'est plutôt la preuve que Dieu était une fiction, nécessaire, qu'il occupait une place qu'on ne peut pas laisser vide dans nos têtes, à moins de devenir fous… Et cette place on s'était mis à l'occuper nous-mêmes, à nous prendre pour des dieux, ça a commencé en Occident, il y a quelques siècles, rappelle-toi, on a commencé à repousser les limites de la vie, à broyer dans nos grosses mains la nature et l'équilibre des choses… C'est le petit homme-Dieu qui se casse la gueule, cette fois, qui tombe de sa chaise à force d'avoir foutu le feu dessous… Dieu n'a rien à faire là-dedans, vraiment, il se tait depuis si longtemps…

Bob patauge un peu, mais je profite du tour pris par leur discussion pour sortir de l'ombre, comme une fleur :

– Coucou ! Je vous entends, en passant... Ça carbure, on dirait... God and global warming, c'est mieux que *Les Feux de l'amour*... Moi non plus je ne sais pas où Dieu s'est caché, dans cette affaire de climat qui dérape, mais il y a quand même un côté Jugement dernier, vous ne trouvez pas ? Vous savez : quand le mal est fait, et qu'on ne pourra plus revenir sur la sentence...

Je m'assois à droite de Leïla, qui me sépare de Bob.

– Mouais... mais un Jugement où on est tous juges et coupables, alors, à en faire craquer le tribunal, trop de monde là-dedans... Il en pense quoi, ton Mahomet ?

– ... que vous dites tous les deux n'importe quoi. Il y a un hadith célèbre où le Prophète annonce que le jour du Jugement, le Soleil sera si proche de la Terre que tout le monde souffrira de la chaleur, et il y aura alors ceux qui ont de la sueur jusqu'aux chevilles, ceux jusqu'aux hanches, ceux jusqu'à la bouche, et ceux, au contraire, qui auront droit à l'ombre... quoi qu'il en soit, le Coran n'est pas vraiment climatosceptique.

– Le sueuromètre, ils sont malins ces musulmans... Pour les juifs et les chrétiens aussi, la brûlure du Soleil c'est le châtiment de Dieu – je tente ma chance, je tente une sortie de la religion –, mais ce qui est intéressant dans le Jugement dernier, c'est pas le jugement, c'est le dernier : ce moment impossible auquel les mortels n'ont pas accès, le moment ultime, comme la fiction inverse du premier moment, de l'origine... Sauf qu'avec la catastrophe du climat, on peut en être les témoins, de ce moment ultime, les spectateurs, disons, on y est invités cette fois, juste avant que tout disparaisse... En plus, nous les vieux on a les meilleures places, au premier rang, parce qu'on est le seul lien entre le temps de l'avant et le temps dernier... C'est notre affaire, et notre faute...

– Mais non, on n'est pas les invités de l'apocalypse, ses témoins privilégiés... Il y aura un après, une suite, sans nous, et il y aura des vieux à nouveau, à notre place, qui auront l'impression d'assister au dernier, d'être eux aussi les derniers...

– Ils ne seront pas comme nous, non... Aujourd'hui les jeunes de trente ans pensent comme des pompiers, et nous accusent d'avoir été les pyromanes... Les jeunes de vingt ans ne veulent pas avoir d'enfants, pour ne pas aggraver le bazar qu'on leur a laissé... Ils auront peur de mourir, comme nous, mais ne seront pas les mêmes que nous... Quelque chose finit avec nous...

– Ah ta vieille théorie du virage objectif, ton tournant de l'Histoire...

– Bah oui : tout n'est pas relatif à l'âge, bon sang ! On aura sans doute été les derniers à voir des abeilles, à voir peut-être des fleurs ou des singes, ou des éléphants, je sais pas, moi, à avoir de la pluie en juillet et de la neige pour le mois de janvier, à ne pas faire de l'eau le problème numéro un aussi, l'eau qui déborde ou l'eau qui manque… Les derniers, d'ailleurs, à lever le poing contre les salauds de capitalistes tout en restant indifférents au sort des femmes, des minorités, ou des volailles d'élevage…

– Oui, ça c'est nous, mon chéri, enfin plutôt vous, mais à chacun ses derniers : eux aussi demain auront leurs dernières espèces, leurs dernières plantes, leurs dernières manifs, leur derniérisme à eux comme tu aimes dire…

J'ai envie de jouer, de nous aimer jouant, pas de continuer avec nos têtes de coupables et nos poncifs d'époque. Alors je m'énerve, galvanisé par les derniers mots de Suzanne tout à l'heure, sur nos politesses hypocrites. Tout en me laissant aller à ce qui l'agace, elle, avec une pincée de mauvaise foi :

– Mais après nous le déluge, merde alors ! Toutes ces années à papoter ensemble pour finir comme ça, peureux et bien-pensants : non, quand même… O.K. pour notre rôle de passeurs, nos responsabilités à assumer, tout ça, mais on a droit aussi à l'égoïsme de l'absolu, au plaisir sombre d'être les derniers… Ils me font bien marrer les effondristes, les collapsologues, à pleurer la fin et à réciter leur apocalypse, alors qu'ils devraient en rire, s'en réjouir, bordel ! Qu'on nous autorise à être honnêtes, à dire qu'on s'en fout du monde d'après, qu'il n'est déjà plus le nôtre : on va crever bientôt, pas les autres, et ça ça nous sépare… Moi, ça me réjouit d'avoir été dans les derniers, les derniers à être contemporains des saisons, quand on ne mangeait pas de fraises en hiver, les derniers à voir des abeilles qui jouissaient dans les pistils – cette fois je m'anime vraiment, j'imite un canonnier à sperme, en simulant l'aspersion pschht pschht autour de moi –, les derniers à voir s'étendre les jungles et les glaciers, les derniers à avoir des présidents presque légitimes, tiens, des syndicats tout-puissants aussi, ces cons, et même les derniers à pouvoir rencontrer des anciens déportés qui vous racontaient l'horreur en face à face, autour d'un café… Tant mieux pour nous ! Et tant pis pour les suivants ! On va pas pleurnicher parce que ceux qui pètent de santé, qui ont la vie devant eux, n'y auront pas droit, à tous nos trucs… Ils auront les leurs, et nous on a eu nos derniers. Faut savoir aussi se réjouir qu'un pan entier du monde disparaisse avec nous, non ? Que des choses partent, qui n'auront été qu'à nous ?…

– T'es un peu comme Harpagon, qui préférait qu'on l'enterre avec ses pièces d'or plutôt que de les léguer… Alors qu'on pourrait aussi s'oublier un peu, non, à l'approche du Jugement dernier?…

– S'oublier? S'oublier?… Tu parles des incontinents? De notre virage Alzheimer?

– Moi, je te comprends, mon bonhomme, c'est ton côté Tatie Danielle : la provocation pour survivre, être désagréable en espérant que ça rende immortel… Ceux qui ont le temps devant eux ont le plus important, alors autant exiger tout le reste pour nous, c'est pas faux… Mais on n'y croit pas trop quand tu dis ce genre de trucs, un gentil garçon comme toi… Ça n'a jamais été ton élixir de jouvence, la jubilation décliniste…

– Mais c'est pas de la provocation, c'est juste de la délectation mélancolique. Se complaire dans la tristesse d'être les derniers, de partir avec tout un monde, tout un pan du cosmos, c'est une tristesse bizarre, peut-être, mais c'est une manière plutôt agréable d'être triste, vous savez… Je le sens souvent, le plaisir de cette tristesse…

Sauf qu'avec eux, mon derniérisme reste sage, très contrôlé; je leur demande pardon pour des énormités qui n'en sont jamais vraiment, que je n'ose jamais vraiment énoncer. Car je n'arriverai pas à le leur transmettre, ce plaisir pâle d'être le dernier. Je ne pourrai pas leur dire, jamais. Limite stricte à ce qui de moi peut être mis en partage, ici, tous ensemble. Mon décalage n'est pas juste une nuance amicale, de conversation, c'est un retranchement de toujours, effrayant, depuis un lieu que je ne connais pas. Elle a raison, Suzanne : être un dernier ça ne ressemble à rien d'autre, ça a des contours, des sons, un goût – que je devrais explorer, mais qu'ils ne comprendraient pas. C'est pour ça que je les garde pour moi, dans ces cas-là, mes images rebattues de pauvre dernier, mes images récurrentes les plus nettes, nettes à même leur brouillard. Je m'en délecte tout seul, et de plus en plus souvent, de mes images : celles par lesquelles je me vois en dernier homme marchant entre les derniers feux de son temps, les feux ultimes d'une époque immense, magnifique, qui aura duré plus de deux siècles. Je m'imagine en ingénieux Hidalgo slalomant distraitement parmi les buissons desséchés de sa Mancha à lui, dans le désert de son furieux chapitre. Je m'y vois, dans ce paysage aride, de végétation rêche et de coteaux rocailleux, je m'y vois en dernier des modernes foulant seul, sous le ciel lourd, les ruines de son monde, enjambant les gravats de l'histoire, contournant les débris de la littérature, traversant les restes disparus de l'amour, les flammèches de la politique restées suspendues dans l'air, à peine plus qu'un souvenir – mon beau pain blanc que j'ai mangé depuis longtemps, toute cette matière dernière qui n'est plus que regrets et qui, dans la poussière, jonche les fossés de mon interminable marche, grise, solitaire, sans but, de dernier des derniers, d'ultime ambassadeur du passé. Je n'ai jamais vraiment su leur dire ce que me faisait ce champ de ruines et, en son milieu, ma solitude derniériste – du bien aussi. Un bien fou, en fait. C'est la dernière vision, la dernière certitude qui puissent encore m'arracher, certains soirs, à mon sol d'habitudes, à ma survie étriquée.

Comme me réjouit aussi, telle une rancœur vitale, la vision de moi en vieux bougon coincé dans sa poubelle. En vieux qui les emmerde, ces jeunes qui lui passent devant, ces jeunes qu'il a aimés et défendus – les jeunes pour qui je continue à plaider devant mes vieux potes sans pouvoir leur dire que je m'en fous, en fait, et les emmerde, les jeunes, avec leur arrogance, leur santé, depuis ma poubelle, ma puanteur. Font chier, les jeunes. D'être jeunes. Oui, je l'ai souvent aussi cette autre vision honteuse, impartageable : je me sens comme l'un de ces vieillards humiliés qu'on a jetés dans une poubelle, là où les mouvements de régénération sociale ont souvent jeté les vieux bureaucrates et les profs obsolètes, pour les punir d'être vieux, et pour que passe à côté d'eux toute la jeunesse d'une époque – la jeunesse qui défilera avec sa belle aisance, lancera un sourire ou une peau de banane aux vieux empoubellés, persuadée à son tour d'être le futur du monde, puisqu'on le lui dit. C'est ça : ils passent tranquillement à côté de ma poubelle, de mon air de renfermé, exhalant avec eux l'odeur de frais du temps qu'on ne compte pas; ils rabattent parfois sur moi le couvercle de mon absence d'avenir, par mégarde, en passant, par orgueil sans doute; mais ils ne m'empêcheront pas de m'en foutre. De les noyer dans l'oubli. Du fond de ma poubelle, comme dans tant d'images éculées – un rue sésame ou fin de partie –, je reprends le pouvoir, l'inutile et triste pouvoir d'écrire : aux jeunes, du coup, de rejoindre les poubelles de l'Histoire, les bouts de phrases biffés, oubliés. Les marges de mes pages noires. Je suis Alonso Quichano frayant parmi les ruines de ses rêves, je suis Nell ou Nagg maugréant dans sa poubelle, il n'y a plus que moi : je m'y vois, en rêveur osseux, en boudeur chuintant, mais je n'en dis jamais rien. Je les ai comme des réflexes intimes, secrets, ces visions dégradées, par moi trop ressassées. De telles visions ne se partagent pas, un point c'est tout. Elles se savourent même beaucoup mieux seul. Et puis là, de toute façon, je n'ai plus envie. De dire, de forcer les mots. D'essayer de convaincre. Ça me prend d'un coup : l'image que j'impose, l'argument que j'exagère, la perplexité qu'ils suscitent en face, chez mes si chers, que j'aimais tant écouter dialoguer sans moi tout à l'heure – lassitude, immense.

Rien et ses pleurs

J'ai beau essayer de surmonter mes galères d'écriture, et me méfier de mes vieilles ritournelles, je continue à trouver ahurissant que le monde continue sans nous. Que le monde se presse et s'excite tout seul, en se passant si facilement de nous. C'est à se demander, parfois, si on est encore vivants. Si un temps à ce point égal, détaché de toute agitation, ne serait pas juste l'éternité, l'éternité qu'on n'aurait pas vue arriver. Sauf que dans cette égalité des jours, que ni la petite engueulade ni le pépin matériel ne sauraient troubler – simples intervalles entre deux sorties, deux repas, deux discussions rauques –, la petite différence joue encore son rôle. Elle empêche ce temps stationnaire de nous recouvrir entièrement, le ronron de nous enterrer vivants. Tenez, aujourd'hui par exemple, la petite différence, c'est pour Bob la visite prévue d'un cousin péruvien pas vu depuis trente ans, juste une heure pour le thé, mais ce sera sa péripétie du mois ; pour Leïla, la promenade ambitieuse, à notre avis un peu téméraire, qu'elle compte faire jusqu'à la petite église russe de la rue de Crimée, ouverte au public une heure seulement un seul jour dans la semaine ; et pour Suzanne, la pauvre, c'est le réveil de sa névralgie, qui la laissait tranquille depuis plusieurs mois. Il faut dire que sa douleur la plus vive, la plus redoutée, est ce que chacun de nous a le plus en propre, ce qui distingue sa vie et dessine son monde – alors que tout le reste, parcourir un roman ou essorer la salade, est le fait de tous, le banal lot commun.

À un moment je me suis interrompu, j'ai laissé l'ordinateur ouvert et me suis allongé sur le lit. Pas pour me reposer mais pour « aller voir » : voir si ce matin, en l'absence très provisoire de douleurs, une sensation mériterait de s'écrire. De venir compléter mon tableau de notre cadre de vie, le cadre du tableau de nos vies. Il fait si chaud maintenant pour un début de printemps, comme souvent, que je passe mes journées en short et en T-shirt, toisé parfois d'un regard noir par Suzanne qui, elle, n'associe pas la mort à la fin des petits déjeuners mais au relâchement, physique et vestimentaire. J'ai regardé mes pieds et mes jambes nus étalés devant moi. Un rai de soleil surgi du vélux les traversait, deux traits brillants sur mes tibias, en diagonale, légèrement décalés. On aurait dit que Zeus avait posé sur mes vieilles jambes son bâton de foudre fluo. J'ai croisé et décroisé mes chevilles, étiré mes orteils. Je ne voyais, tout du long, ni les taches brunes ni la peau parcheminée, mais juste les saillies osseuses, rotules, malléoles, métatarses. Il en émanait quelque chose de doux et d'inactuel, une très ancienne continuité, leur articulation, leur protubérance familière tellement antérieures à leur inertie récente – à mon encroûtement de vieux que, dans cette position, allongé sur le lit, j'ai réussi cette fois à oublier complètement. J'ai attrapé dans le miroir de l'armoire, floues à cette distance mais reconstituées par le souvenir, l'image si habituelle de mes fossettes, quand j'ébauche un sourire, et celle de mes deux petits yeux marron au fond des meurtrières de leurs orbites. Vieilles connaissances, ces images, si familières elles aussi qu'elles imposent ma permanence, son évidence, et que dans le reflet ma peau en est redevenue imberbe, ma barbe de cinq jours, brune, et non plus blanche. Je me suis souri plus franchement dans le miroir. Comme on se salue d'un siècle à l'autre, du début à la fin. Par les sillons apparus des deux côtés de ma bouche, c'est comme si tout l'inconcevable du corps diminué avait disparu, pfiou, comme ça : deux traces de fossettes inchangées et d'un coup je ne savais plus, n'aurais jamais pu savoir, que courir, sauter, dribbler ou bander m'étaient impossibles. Que je ne pourrais plus jamais.

La ligne jaune du soleil striait toujours mes jambes, j'en oubliais que je ne pouvais plus. Et là, comme j'en fais le constat de temps en temps, j'ai compris que le seul corps que je me sens habiter est celui de mes quinze ans, qu'il est toujours l'organisme de mes trente ans, le volume de vie intact, intime, de mes cinquante ou de mes vingt ans – c'est pareil, du moment que c'est avant, que c'est toujours. Ça fait soixante-dix ans que j'ai vingt ans. Ce n'est pas une simple sensation, encore moins une pauvre métaphore, mais la puissance du même, l'évidence du même : je suis le même, incontestablement le même qu'à tous mes âges, un même que je sens toujours plus que tout le reste, à la place de tout le reste. Un même vague et tenace, figé hors temps il y a si longtemps, fixé je ne sais quand dans ses coordonnées naturelles, qui se sont effacées ensuite comme tombent les fils d'une suture, les fils mangés par la chair, mes coordonnées avalées par le corps, à un moment donné, peut-être quand il a atteint sa taille définitive, ce corps, il y a un siècle, ou alors par le cumul successif de tous ses moments donnés – bref, je suis diamétralement le même qu'il y a toutes ces décennies. Il est absurde, grotesque, tout à fait invraisemblable de penser que j'ai l'âge que j'ai. L'âge de ceux qui me semblaient si vieux quand j'étais jeune, plus vieux que des morts. C'est impossible. Aussi peu crédible, même en tirant la peau de ma joue, en palpant le gras mou de ma cuisse, que si on m'avait démontré, sans que je pusse le réfuter, que j'étais un Martien, ou un marsupial.

Je suis cette si vieille personne, mais incrédule. Je ricane à voix haute à l'idée d'un âge aussi élevé, tant la certitude sensorielle d'être resté adolescent, la netteté avec laquelle je loge dans la même cabane de chair qu'autrefois, les mêmes murs évanouis, l'emportent au présent, là, dans ma chambre, sur ces considérations d'état civil aussi peu réalistes que les histoires de héros celtes qui vivent cinq cents ans. Ce chiffre de mon âge est une blague, c'est tout. Dans ma certitude il entre du déni, du déni ferme et tendu, et un impensable peut-être qui m'est plus spécifique, moi qui n'ai jamais cessé d'être un enfant, éloquent et rusé, mais un enfant. Et il y entre, bien sûr, le banal effet du temps, qui d'avoir coulé en moi jour après jour m'a toujours fait me sentir aujourd'hui le même qu'hier, demain le même qu'aujourd'hui. Sans jamais que le temps long, le temps hors de son fil, ne laisse en moi la moindre trace. En moi ni en personne – la sensation d'être s'accommode mal du temps. Je ne me sens pas vieux, rien à faire, y compris quand j'ai mal ou quand j'ai peur. Et même si on m'avait menotté à un déambulateur, intubé au fond d'un mouroir, je ne pourrais jamais me sentir vieux. Je ne le sens que dans le regard des passants, des enfants, me souvenant alors que j'abrite cet autre, ce très-vieux, le seul qu'ils voient. Un bruit a mis fin à ma cogitation : j'ai entendu quelqu'un passer sous la mezzanine, sans doute Leïla, dont je reconnais le pas régulier, rejointe bientôt par un autre, ou une autre. Ça m'a fait plaisir sur le coup, de les entendre, de me savoir avec. Alors je suis redescendu, pour leur faire part de ma surprise – ou pas. Et j'ai enfin lâché ce clavier.

En bas, Leïla et Bob sont en train de bavarder sur le canapé gris. Ils discutent de ce couple de très vieux voisins qui vivent au troisième étage et clopinent main dans la main jour après jour, plus lentement encore que nous. Je vais m'asseoir à côté d'eux avec un verre d'eau. Tous les trois on les trouve un peu pathétiques, le couple ancestral de nos vieux voisins. Un peu comme les petits vieux en goguette et les retraités en sortie touristique qu'on aime tant railler. Et Suzanne qui passe par là, sur le chemin de la cuisine, en ajoute une couche, sur la peur de la solitude, la peur de la mort, qui seule peut motiver un choix aussi triste que celui d'éterniser le binôme, d'engourdir le couple; un choix qui n'en est plus un, s'il l'a jamais été. Alors on rit un peu, d'un rire matinal, à voix basse. On rit vaguement de ces emprisonnés à vie qui boitillent à quatre jambes, qui ne savent pas faire autre chose, incapables de se suffire à eux-mêmes, d'échapper aux névroses desséchées de mille ans de vie commune. On moque paresseusement la haine étouffée qui sans doute les emmure, cet amour qu'ils n'arrivent plus à s'apporter, la rage et la frustration que leur inspire certainement pour l'autre leur déclin à chacun, et de savoir qu'ils ne peuvent plus se passer l'un de l'autre. Pas comme nous, avec notre audace de vieux copains, notre solitude à quatre. Pas comme notre commun sans névrose, hors normes, hors couple. Mais nos mots tremblent un peu. Nos voix faiblissent encore, presque inaudibles maintenant. Le rire jaunit puis disparaît pour de bon. De nos quatre postures sur le canapé gris, de nos huit yeux perdus dans le vague du dehors, derrière la baie vitrée, surgit une même vision, verrouillée dans chaque boîte, dessinée au format de chacun : la vision des deux petits vieux clopinant vers le précipice, main dans la main. Le couple de nos vieux voisins, inséparables. Nos deux voisins sourds comme des pots mais qui, de s'effleurer la main, comme on branche le jack d'un casque, arrivent à s'entendre, par miracle, à retrouver l'audition grâce au toucher réciproque. On avait dû les voir faire, les voisins, sur leur palier, les voir toucher l'autre du doigt pour atteindre son oreille.

La vision d'eux de dos, main dans la main, devient celle de leurs fessiers informes, alignés sur le trottoir de la rue Érard, leurs fessiers ridicules mais tangibles, à la fois repoussants et objets possibles – oui, ça se fait encore, entre très vieux amants – de ces caresses que nous autres n'avons plus. Et pendant ce temps une vision rivale, qui ne tient pas, s'efface à mesure qu'elle essaie de s'imposer, la vision de nos quatre silhouettes à nous, plus sveltes, plus jeunes, sur les bandes blanches d'un passage piéton, traversant la rue comme les Beatles sur la couverture de disque bien connue – volatilisés, les quatre scarabées, seuls papi et mamie existent, en fait. Les deux petits vieux qui gravirent côte à côte la colline de la vie, comme le dit le poète, qui goûtèrent peut-être hier des heures de délices et doivent désormais suivre le chemin qui mène au terme du voyage, eh bien c'est ensemble qu'ils le font, d'un pas incertain, certes, mais les mains unies, les fessiers bien alignés. Qui sait, effectivement, si leurs deux corps inimaginables, l'habitude et la complicité ne les incitent pas encore, parfois, à les unir à nouveau, à les fouiller mollement sans mot dire.

Et là, au sortir de cette vision simple, de ces mots simples, il suffit qu'on se regarde tous les quatre, un peu perplexes, un peu honteux d'avoir snobé le coucouple de Mathusalem, il suffit qu'on ait honte ensemble de nos solitudes pas vraiment partagées, déguisées en courage de clique, de nos peurs enfouies, il suffit qu'on se rappelle nos questions désolées de tout à l'heure, quand on demandait qui allait nous toucher, nous prendre la main pour en cacher la décrépitude, ou s'il était possible de se hisser tout seul vers le haut, il suffit que les mots tus se mêlent aux remords et nos dénis à nos solitudes pour que ça tombe, soudain, tellement imprévisible : la larme de Bob sur le magazine ouvert au bord de la table basse, sa grosse larme bien visible que les nôtres attendaient, depuis toujours, pour couler, à leur tour, accepter de venir, pour s'étonner d'accéder au coin de l'œil, de passer par les canaux secs, qu'on croyait taris, de déclencher en coulant un sanglot puis un reniflement bruyant, et de déclencher aussi notre rire synchrone de se voir tous pleurer, le rire qui vite redouble les pleurs, les libère, autorise qu'on chute, qu'on verse et qu'on halète, c'est un trou d'air qui nous aspire tous les quatre, un puits dans lequel tomber tout seul, le puits qui fait peur, tellement peur qu'après avoir entendu Leïla murmurer « c'est malin » puis Bob ajouter « c'est ma faute » et les avoir vus tous les deux s'agripper la main, on se retrouve tous les quatre main dans la main, nos mains tremblantes et agitées, ça fait longtemps que ça ne nous était plus arrivé, des mains vitales pour ne pas tomber seul, ou pour se souhaiter bonne chance puisqu'on ne tombera que seul, se souhaiter le courage qu'il faut pour admettre qu'on est seul, qu'on a préféré être seul, ou qu'on l'a subi, mais qu'aucune moitié ne lestera notre chute, aucune chair posée contre la nôtre n'accompagnera la fin, parce que le coup des Beatles c'est une farce, un souvenir mort, et que « mes trois quarts » ça ne se dit pas, le monde décidément ne tournant pas autour du mythe du quatuor fusionnel – oui, les parties sont peut-être carrées mais pas les amours, les vieillesses sont duelles ou célibataires mais pas claniques, on n'y peut rien. Ce à quoi elles mènent ne se partagera jamais comme un quatre-quarts pour le goûter. On ferait mieux de s'y résoudre. Bah oui. C'est ce qu'on fait d'ailleurs : on s'y résout en éclatant en sanglots, derechef, mais des vrais cette fois, de gros sanglots, on s'y résout en s'attrapant les bras et en s'étreignant maladroitement, à l'aveuglette, avec une maladresse qui redouble le désarroi, qui redouble la faiblesse dont on meurt, dont on va mourir. Et l'impossible embrassade à quatre essaie un instant d'avoir lieu, sous la cathédrale, les visages sont trop proches, les bras trop courts, l'emmêlement malaisé ; elle essaie de surmonter la malédiction des chiffres, le mensonge de notre fierté. Avant que nos quatre dos fourbus retombent contre le dossier des deux canapés en angle, où on peut reprendre notre souffle, pantelants, stupéfaits d'abriter autant de tristesse, un tel réservoir de chagrin, qui sont venus sans prévenir submerger les digues précaires de la sérénité, de la routine tranquille, les certitudes de la solidarité sans failles. Jusqu'à la crue complète, qui nous laisse là, épuisés, essorés, chacun la goutte au nez.

Et on sait bien à quoi on pense. Nous les bavards n'avons pas besoin de nommer, fraternellement, ce que l'autre a en tête, de préciser ce qui va de soi. On se regarde furtivement, hublot par lequel se rappeler le paysage de l'autre, comme un groupe de gamins qui se passeraient tous en revue pour retrouver les forfaits de chacun. Le grand infirmier de vingt ans son cadet qui fut l'amour immense de Bob jusqu'à sa retraite, sa passion tardive, dont il espérait tellement, enfin apaisé, qu'elle durerait jusqu'à la fin – mais l'infirmier tatoué avait lui-même rencontré un petit jeune, la loi des séries, Pygmalion enchâssé. La belle imame soufie, star éphémère des médias, à qui Leïla doit sa conversion, mais aussi plus secrètement sa dernière folie d'amour terrestre, un amour impossible, inavoué, dont elle s'est consolée par deux liaisons charnelles, plus secrètes encore, y compris un homme pour en retrouver le goût – mais Kahina ne fera pas surgir en elle l'image paisible d'une compagne de fin de vie, cette image non plus ne tient pas, et la blessure ouverte qu'elle lui a laissée peut faire de la solitude de Leïla, revendiquée pourtant, un calvaire sans mots. Et pour Suzanne, moyennant le même genre d'oscillation – qui les rapproche toutes les deux – entre la solitude exigée et le remords enfoui, il y a la résurgence par vagues de son dernier amour, l'intello charmeur, par vagues imprévues, certaines où c'est sa peau et son odeur qui manquent, les pattes-d'oie au détour de son visage, même dix ans après, puis une vague qui fait revenir sa muflerie, ses négligences, les détails agaçants qu'elle ressasse, trop agaçants pour n'être pas suspects, ni nous faire croire entièrement à son désir d'être seule.

Quant à moi, je croyais avoir changé ; mais non. Je croyais avoir enfin atterri, remis depuis longtemps de la rupture d'avec ma dernière épouse, qui m'avait fait tant de bien, l'épouse et aussi la rupture. Je croyais avoir conquis alors la paix du grand âge. Plus besoin de personne. Mais comme à mes malléoles ou à mes fossettes, je reste arrimé, à l'autre bout de la vie, à mes peurs du début, intactes. La peur d'être seul face au vide ou d'avoir mal sans oser le dire. Je garde ma lâcheté des origines, mes hantises entières. Je garde la vague sensation de froid du corps intouché, délaissé. Je garde un léger écœurement à sentir ma chair bornée, finie, sans prolongement. Même après avoir surmonté finalement – je ne pensais pas que c'était possible – mes deux besoins les plus incorrigibles : celui d'avoir sur moi un regard flatteur, mon narcissisme s'étant fait moins solaire avec la fin d'après-midi de la vie (à moins qu'il ne me soit devenu moins plaisant de me contempler dans les yeux d'en face), et celui d'avoir dans mon lit une peau chaude, frémissante, ce besoin qui dictait ma conduite quand j'avais une libido – enfin, ce que la norme appelle une libido, cette envie de baiser, monovalente et obsessionnelle, qui agite les adultes fouteurs. Et d'une autre façon, plus étrange encore, je demeure le même, par-dessus la longue séquence sexuelle d'une vie, aujourd'hui refermée, le même que l'adolescent inquiet que j'étais, échauffé par son propre corps et enivré par la présence de ceux des garçons de son âge, mais si peu disposé à l'admettre qu'il regardait ailleurs, vers les seuls corps qui comptassent, tourné entièrement vers les filles, leur distance, leur refus, leurs formes inaccessibles – mais ni ces formes fabuleuses ni l'épiderme doré des garçons ne relevaient de quelque chose de sexuel, n'éveillaient en moi un désir qui fût sexualisé. Ni alors ni maintenant, avant puis après ce long demi-siècle plus banal où le sexe, accompli, a réduit d'autant le territoire du trouble. Lequel, avec l'âge, est donc revenu : le trouble s'est étendu, un sexe plus diffus, moins pénétratif; il s'est épanché doucement à la place de l'assouvi, de l'imbriqué, du génital; il a ses intensités propres, plus douces, plus passives, un peu rêveuses, déclenchées encore parfois, de loin, par d'autres corps. Ou un frôlement. Un timbre de voix.

Peut-être que j'écris ça, tout de suite, parce qu'à l'aube – mais oui, ça y est, ça me revient –, quand un rayon du jour m'a réveillé en passant au-dessus de moi à travers le store mal fermé, j'étais en train de faire un rêve beaucoup plus troublant que d'habitude. Un rêve dans lequel je marchais sur un pont, en Angleterre semblait-il, collé à un grand adolescent qui me racontait qu'on avait tenté de l'étrangler. On se parlait lui et moi plaqués l'un contre l'autre, le côté de son torse ferme réchauffant le mien sous nos T-shirts blancs serrés, communiquant à mes pectoraux la même sensation de cuisson que le soleil de midi, sa main droite et ma main gauche, timides, passant derrière le dos de l'autre pour aller se poser discrètement sur sa hanche, juste pour affermir la prise, équilibrer la marche. Une marche imbriquée à deux bustes, deux têtes, au son de nos paroles douces, dans l'odeur d'air dense des faubourgs anglais, avec ses relents de cuir et d'asphalte – un rêve si troublant, en fait, si précis, qu'il a dû réveiller les détails d'une scène vécue encore adolescent, par l'adolescent que j'étais, je veux dire, pas celui que je suis demeuré, cette fois, mais l'ado effacé, l'ado dont il ne reste, dans le tunnel du temps, que ce trouble blanc-serré.

Enfin voilà, on en est là. On fait les beaux tous les quatre mais on n'en mène pas large. On vit avec nos morts. On mâchouille des chimères, des troubles à demi évanouis. On laisse nous bercer, nous envelopper de regret, des dépits amoureux qui ne passent pas ni ne se partagent vraiment. On connaît l'absent de l'autre, on l'a évoqué cent fois, on en parle souvent puisque c'est en parler qui nous tient lieu de vie. Mais le savoir, en discuter, est d'un faible secours. Et se tenir la main ne change rien à l'exil, définitif. L'amertume subsiste, la pointe d'une vexation qu'on s'en voudrait d'étaler au grand jour. La calme angoisse d'un choix dont on n'est plus si sûr qu'il en était un, et qu'il est trop tard pour défaire. Et ne dissiperont cette douleur sourde, immémoriale – on ne le sait que trop –, ni nos manifs héroïques, ni la passation de relais aux jeunes indociles, ni les jeux ou les rigolades qui soudain rassemblent le quatuor, ni les dîners de gourmets ou les fêtes de famille, ni même les mines qu'on se met encore, parfois, par bravade, pour cracher à la Chienne nos haleines avinées et faire un bras d'honneur au destin des vieillards. Rien de ce qui nous arrive ne peut encore changer quoi que ce soit. Seule existe la routine de nos jours, infime ; il n'y a que là, à même nos petits riens, que le temps soit doux, doux de s'être arrêté, ou qu'il nous soit soudain vraiment cruel, intense d'être cruel, quand il s'ouvre sans prévenir sous nos pieds. Oui, il faut croire que ça frémit plus volontiers dans le temps ordinaire, sinon ce jour banal, ce jour où j'avais décidé d'écrire qu'il ne nous arrive rien, de le faire comprendre, ne serait pas traversé par de tels éclairs. Je ne m'y serais pas réveillé, comme je l'ai fait, relié au trouble oublié de mes désirs d'adolescent, peut-être même avec une de ces érections matinales que je n'avais plus eues depuis des siècles; puis on ne se serait pas retrouvés tous les quatre, comme on l'a fait, à pleurer en silence sur le canapé, chacun seul mais à quatre, à pleurer ensemble, un peu avant midi, nos vieillesses esseulées et nos amours échouées. Avouez que ça fait beaucoup pour un rien, beaucoup pour le début d'un jour de routine et l'affiche tranquille que je voulais dérouler de Finale Fantaisie. Il nous arrive peut-être bien quelque chose, autrement dit, mais pas au pas de course, pas pipe à crack en bouche ou perdus dans la jungle. Plutôt à l'abri de nos inerties, et de notre appréhension finale, bien compréhensible. S'il nous arrive quelque chose c'est à bas bruit, en deçà de nos marches si lentes, de nos gestes amorphes, de nos tremblements irrépressibles. C'est dans les couloirs aérés de nos âmes, paisibles et sombres, où l'inertie des corps et le vide des emplois du temps ont fait de l'air, dans nos âmes, de la place, et permis peut-être qu'y ait lieu l'essentiel – ou qu'il se passe enfin quelque chose. La preuve : on arrive à pleurer. Tellement plus souvent qu'autrefois.

Au terme de notre petite séance de larmes, Leïla a suggéré qu'on décapsule le litre de bière qui était au frigo, un rôle un peu à contre-emploi pour elle. Et quand on a entrechoqué nos verres au-dessus de la table basse, les yeux encore gonflés, le sel des larmes à peine séché, on a eu d'un coup le même souvenir, sans doute à cause de l'enchaînement des larmes et de la bouteille débouchée, mais dans l'autre sens. C'est moi, cette fois, qui ai dit tout haut ce qu'on pensait : « Eh... ça vous fait pas penser au confinement ? Quand on se marrait, vous vous souvenez, qu'on se pintait à midi, et quand on a tant pleuré aussi, à la fin ?... » Les mots nous sont revenus, quelques images de cette période dingue qu'on a brandies tout excités avec nos verres de bière, mêlées aux souvenirs émus de la dernière phase. Il y avait eu cette grande pandémie mondiale, il y a pas mal d'années, au tout début de notre vie commune, cette maladie qui avait tout suspendu, la conso et l'activité, les foules et les transports, et nous avait laissés tous les quatre incrédules, un peu inquiets puis bientôt, au contraire, détendus, spectateurs extatiques de cette drôle de fin du monde qui nous convenait assez bien. On ne sortirait plus de chez nous, soit. Et entre les courses livrées par les deux commerçants du coin, les bouteilles qu'on avait en pagaille, les nouvelles des proches sur écran et les bricolages de Bob et Suzanne pour compléter l'autarcie – treuil et panier pour descendre les poubelles, sas de décontamination des courses dans le hall d'entrée, tapis de gym ajointés pour qu'on puisse faire en marche rapide des tours de notre petite terrasse –, on avait été plutôt heureux, on avait pas mal rigolé, jamais bu si tôt dans la journée, jamais revendiqué avec autant de fierté notre rythme banal devenu cette fois la clé de toute survie.

Il avait fait beau des semaines d'affilée, très sec. Une sorte de dimanche aride sans fin. D'en haut la ville était vide, stérile, pleine d'oiseaux stridents qui se taisaient quand les ambulances passaient, en trombe. Certaines nuits, on entendait les clochards de la rue Rondelet balancer les poubelles par terre et des cris de furie contre la lâcheté du monde ; on savourait leur violence comme celle des derniers êtres debout dans une ville au pas. Dans l'immeuble, on entendait tousser les voisins et on leur souhaitait un virus indolore, à la cool. On écoutait, aux nouvelles ou sur nos téléphones, gémir les sportifs et les banquiers, se plaindre les claustrophobes et les hypocondriaques. On se demandait pourquoi une bébête contagieuse, qui certes augmentait le taux de mortalité habituel d'une fin d'hiver, obtenait soudain cet arrêt de tout que des siècles de luttes et de rêves n'avaient jamais pu obtenir ; et on échafaudait les théories du complot les plus farfelues, les plus déconnantes, sans y croire, pour en rire. On débouchait le très bon champagne du cellier de la cuisine à chaque annonce présidentielle d'un prolongement du confinement, jugeant décidément délicieuse cette apocalypse générale. On regardait, projetés sur le mur de la salle à manger, des films sur les vieux, des films avec des vieux, ce serait le thème de la saison, le thème de notre festival, puisque c'était la cible de l'hécatombe en cours : l'amour vache dans *Amour* entre un Trintignant fossile et une Riva paralysée, les clopes si peinardes du nonagénaire Harry Dean Stanton dans *Lucky*, qu'on avait revu trois fois, le film que Peter Brook avait tiré du *Roi Lear*, le vieux fou qui titube assoiffé de flatteries, ou encore le coup de jeune des cardinaux dans *Habemus Papam*, entre refus du pouvoir terrestre et tournoi de volley au Vatican... Vieillesse héroïsée, aérée, drôlifiée – plus du tout ennemie.

On n'avait plus peur de mourir. La bébête nous indifférait. Nos ostéos nous ont manqué, certes, mais Leïla s'était remise au massage. On savourait les cuites et les films à thèmes. Et là, ce matin, on en reparle, tous sur le canapé, en sifflant nos mousses, en se coupant la parole comme des critiques à la radio, à mesure que revient aussi le souvenir de notre désarroi. Car après avoir tant moqué, des semaines durant, cette grande panique de chochottes, cette peste noire du pauvre, typique d'un monde où le pouvoir protège tellement la vie qu'il la contrôle intégralement, après avoir tant chéri ce confinement qui muait notre vie en un modèle planétaire, on avait soudain nettement moins ri, nettement pleuré même, devant la bouteille déjà débouchée sur la table basse du salon, ce jour où un seul coup de fil à midi nous avait appris que notre vieille copine Aline, la pétroleuse, la fêtarde, septuagénaire certes, venait de mourir à l'hôpital dantesque du coin de chez elle après trois semaines de coma artificiel harnachée à l'un des derniers respirateurs disponibles. On ne savait pas. On n'avait pas pensé à l'appeler. Elle en était morte. Comme ça. Elle. De ce truc qui nous faisait doucement rigoler. Et la panique, subite, à l'idée d'avoir pu être à ce point insouciants, et le déni de la maladie que s'est tant reproché docteur Bob, et la pensée des vieux copains dont on n'avait pas de nouvelles – tout nous a incités illico à passer des coups de fil et à envoyer des mails, comme on aurait dû le faire depuis longtemps, pour apprendre deux autres disparitions, deux autres amis aux poumons détruits dans des services de réa changés en vaisseaux de science-fiction. Non. Comment avait-on pu. Ne pas voir, ne pas savoir. Et la stupéfaction retombée, la culpabilité écartée d'un seul geste impatient, on s'était pris les mains, alors, on s'était étreints maladroitement, tous les quatre, sur ce même canapé, en sanglots, en mots interrompus, exactement comme on vient de le faire ce matin

La guerre deux trois

Ma fille aînée a débarqué en trombe au 23, comme on fait encore quand on aborde la cinquantaine, haletante, parlant à toute vitesse. Elle a baissé son jean devant moi, sans complexe, pour inspecter la sale ecchymose qui colorait sa cuisse droite. Elle disait qu'ils gazaient boulevard Diderot, qu'ils tapaient dans le tas, que c'était un massacre. Elle était affublée de deux gaillards bedonnants, leurs blousons constellés d'autocollants syndicaux, plus tout l'attirail de la manif périlleuse, masques improvisés, dosettes de sérum physiologique, banderole déchirée qu'ils ont posée dans un coin. Elle m'a demandé si on pouvait recueillir en urgence les plus vulnérables de leur bande, pour parler mon langage sans doute, et avant que j'aie pu répondre elle est repartie en courant. Une demi-heure plus tard, tandis que le son des cris de foule et des tirs de grenades lacrymo semblait se rapprocher toujours plus, ils étaient une douzaine sous la cathédrale, excités et mortifiés à la fois, scandalisés, échafaudant sur les canapés les plans d'une impossible riposte, passant à la salle de bains nettoyer leurs yeux ou leurs bleus puis à la cuisine enchaîner trois verres d'eau. J'ai interrogé sur ce qui s'était passé celle qui paraissait être la plus jeune, la plus discrète aussi. Je ne comprenais pas comment les couacs d'un guichet public virtuel, passage obligé désormais pour toucher ses allocs ou rebondir professionnellement – je le savais, je lis quand même le journal –, pouvaient susciter ces rassemblements immenses, interdits, improvisés. Bob, concentré, prenait des notes sur un minuscule carnet en écoutant les récits de ma fille et de ses deux acolytes. Il se grattait le front avec le haut de sa pointe Bic.

Leïla, elle, ratait le feu de l'action, partie il y a deux jours pour une retraite soufie dans une maison de Champigny-sur-Marne, où une copine de ses années de conversion réunissait une poignée de très vieilles dames encore valides pour une semaine de prière et de méditation – on avait d'abord trouvé l'aventure trop fatigante pour elle, puis on l'y avait incitée, ne voyant plus trop ce qu'elle avait à y perdre. Suzanne, de son côté, était sortie depuis une ou deux heures. Bob et moi, au même moment, avons eu peur pour elle, peur soudain qu'elle soit prise dans une cohue ou même qu'elle ne puisse s'empêcher, à petits pas, sans un mot, de rejoindre la ligne de front. On la connaît. J'ai voulu descendre également. J'ai voulu aller tendre la main à ma Suzanne, aller voir de mes vieux yeux ce qui ensanglantait le quartier, aller pactiser aussi avec les escouades à carapaces, les insectes géants, qui seraient bien forcés de respecter mon grand âge. Pour m'en dissuader, ma fille a eu un rire méchant puis deux mots autoritaires. Le groupe circulait dans tout l'appartement maintenant, entre ceux qui cherchaient les coins calmes pour passer leurs coups de fil, ceux qui sortaient fumer une clope sur la terrasse et ceux qui suivaient, à plusieurs sur un téléphone, les nouvelles en direct des sites militants et les conseils d'avocats et de lanceurs d'alerte donnés dans l'urgence. À certains moments ils allaient tous les uns vers les autres pour se consulter, s'informer, s'étonner ou juste rigoler, comme on l'a toujours fait, de la majorité désarmée ou de la bonne idée qu'ont eue les jeunes en capuches de balancer sur le cordon de flics une poignée de boulons et quelques jointures de métal. On était la base arrière, idéalement placée à cent mètres du champ de bataille. Seule la petite rue Rondelet nous en séparait, au coin de notre immeuble, pleine à craquer d'un agglomérat de flics prêts à l'assaut. On était le 23, le deux trois on avait toujours dit, un camp avancé mais désordonné d'où s'abriter de la petite guerre en cours. Ça faisait des années que Finale Fantaisie n'avait pas été envahi en plein après-midi par une flopée d'inconnus. On faisait de notre mieux, Bob et moi, pour aider, discuter, indiquer où étaient les toilettes ou le nécessaire à bobos. Sur la table basse, à la place du whisky Perrier et du Martini qu'on s'apprête en général à sortir à cette heure, les tracts s'accumulaient, les verres d'eau et les dosettes de sérum se multipliaient, les paquets de tabac se perdaient qui n'avaient rien à faire là, les fils des chargeurs branchés s'emmêlaient.

Suzanne est arrivée, un peu ébouriffée, à peine essoufflée ; elle a dénoué le foulard de son cou, qu'elle avait dû prendre pour se protéger du gaz, et donné tout de suite des nouvelles des ratonnades de la gare de Lyon et de Bastille. Elle parlait avec des mots nets, d'une voix faible mais audible, regardant autour d'elle. C'est elle qui a pensé, assez vite, à sortir du frigo tout ce qui pourrait nourrir nos rescapés. C'est elle qui a lancé une casserole d'eau pour des pâtes, qui a comparé avec les plus avertis, l'instant d'après, les sites d'infos et les plateformes d'aide juridique, tout en mettant au congélo les bières qu'elle avait trouvées au cellier. Moi, je n'aurais pas osé – demander à ma fille si elle souhaitait rester manger un bout, offrir à tous la tournée, brandir sur mon téléphone les listes sur lesquelles on peut dénicher dans ces cas-là les seuls tuyaux fiables. Je n'aurais pas osé parce que je ne sais pas vraiment faire. Et parce que leur monde m'intimide, juste avant de m'indifférer. Et puis je ne suis jamais sûr de ce que je veux, surtout, tiraillé que j'étais, en l'occurrence, entre l'excitation des événements, le plaisir de les voir animer notre kibboutz trop tranquille, et mon antique réticence à ce qu'il se passe quelque chose, n'importe quoi dont je ne serai pas la source, qui bousculera mon confort de spectateur. Mais Suzanne dans ces cas-là a moins d'états d'âme. Grâce à elle, qui validait avec chacun cette main tendue, si rare, des gens d'hier à ceux d'aujourd'hui, on a pu se mêler à l'agitation du salon. On a pu donner nos avis et nos conseils séculaires, entre mises en garde contre les virées de groupes trop isolés à la nuit tombée et rappels un peu didactiques de ce qui continuait de diviser le mouvement social, après deux siècles de clivage, la division sempiternelle entre les insurgés et les négociateurs, ou entre les spontex et les orgas comme on disait autrefois, vieille breloque de pièces à deux faces, d'options de lutte et d'existence irréconciliables. Sans qu'on veuille jamais entendre ce qu'il peut y avoir de neuf.

Mais je me suis quand même senti piteux quand ma fille, assise à côté de moi sur le canapé gris, a heurté mon genou avec le sien pour que j'écourte le laïus trop connu, pour que je me souvienne que je n'avais pas devant moi mes petits-enfants, coupés des luttes mythiques, mais une génération qui connaissait encore le topo. Elle a bien fait. J'ai eu tellement honte, même, que j'ai profité d'une seule remarque cuisante de Suzanne au même moment – elle disait espérer que le reste des manifestants, en bas, étaient plus jeunes que nos invités de ce soir – pour foncer vers l'ascenseur avant qu'on m'en empêche en lançant, déjà au bout du couloir, que des jeunes, des vrais, moi j'allais nous en ramener. Évidemment, une fois dans la rue, accueilli par l'odeur piquante des restes de lacrymo, frôlé par les fuyards ou par les mômes en noir, tout le monde plus pressé que moi, j'ai moins fait le fier. Je me suis vu, consterné, aborder les jeunes ou les ados en leur proposant de venir se mettre à l'abri chez nous, en leur désignant d'un geste tremblotant l'immeuble au-dessus de ma tête et les « combattants » qui y étaient déjà – j'avais l'air d'un très vieux pédophile qui essaie de tirer son épingle du jeu, d'un doux dingue qui s'imagine pris dans une guerre d'un autre temps. Mais j'en ai abordé beaucoup, tous en vain, allant jusqu'à eux d'un pas lent, d'une voix faible. Je me souviens de la jeune métisse à dreadlocks qui affichait un sourire énorme, si réceptif, découvrant toutes ses dents, et du lycéen aux cheveux et aux sourcils si noirs et si épais que toute sa personne m'a fait l'effet d'un animal feutré. Ils ont parfois un peu discuté, certains en riant, m'ont remercié pour ma proposition, raconté même, pour deux filles en sueur, les pertes de terrain mètre par mètre sur le boulevard, juste derrière. Mais personne ne m'a suivi. Et je suis remonté bredouille, rasant les murs de mon propre couloir.

Moyennant quelques départs de dernière minute, on s'est retrouvés à huit devant la plâtrée de pâtes de Suzanne, avec courgettes poêlées et ail des ours pour la forme, plus quelques brins de basilic thaï qu'elle est allée cueillir dans le bac de la terrasse – je lui ai trouvé alors la démarche un tout petit peu crâneuse, tandis qu'elle contournait la table pour passer dehors. J'ai voulu même partager cette vision avec Bob mais, pendu au récit d'une syndicaliste rougissante, il n'était plus accessible à mes clins d'œil. C'était plus calme autour de la table, moins difficile à suivre qu'avec toutes les allées et venues de l'heure précédente. Mais entre nos radotages léninistes et nos retards de déconnectés, ma fille et les siens semblaient avoir plus de choses à se dire qu'à nous dire ; ils laissaient s'enchaîner nos questions ou nos rares commentaires par politesse plus que véritable intérêt. Tous sont repartis en milieu de soirée, un peu éméchés, un peu fatigués, mais affichant toujours, d'un air poli et grave, ce sérieux des combats dont on pense être le fer de lance. J'ai embrassé ma fille comme si elle m'avait fait un gros cadeau, ou juste l'honneur de m'inviter à rejoindre la Résistance. J'ai regretté, sur le coup, de ne pouvoir l'étreindre plus fort, ou plus longtemps, à cause de tous ces gens dans notre hall et de sa propre distance rabroueuse. J'étais ému en plongeant le nez dans sa bonne odeur, une seule seconde, mais j'ai regretté cette bise trop succincte comme on regrette l'éternité – tant il est vrai que ses enfants sont les seuls êtres qu'on peut câliner au lieu de leur parler, embrasser à la place de questionner, tant il est vrai que ses enfants sont un peu moins des autres que tous les autres du monde à force d'immédiate, de corporelle présence. Bonne séance de rattrapage, j'ai l'impression, s'est-elle contentée de conclure, en m'embrassant, les yeux rieurs, maternels, comme quand sa sœur et elle, encore ados, trouvaient si « mignon » ce père fraîchement divorcé déjà bien aux fraises.

On discutait tous les trois en rangeant la cuisine. On marmonnait, on bégayait un peu. On supputait beaucoup, on divaguait aussi, sans toujours s'écouter. Suzanne nous a montré sur son téléphone les prochaines étapes prévues, rappelant que dans ce genre de situation le calendrier joue un rôle clé, le temps et ses fameuses « circonstances » sont la trame du combat : manif géante demain autorisée cette fois par la préfecture, pronostic vital engagé pour le passant blessé par la voiture qui a pris feu, sans qu'on sache si le dénouement ici serait imputé à la brutalité flicarde ou à l'inconséquence émeutière, reconnexion au guichet virtuel proposée dans une semaine pour mettre à jour ses données, fermeture partielle des frontières à l'est par lesquelles voudraient filer les « meneurs » de la minorité insurgée. Des meneurs qui nous laissaient sceptiques : on les imaginait, par habitude, être surtout des renards à lunettes, rhéteurs fluets sans Dieu ni maîtres, plutôt que des Spartacus à la mode Mad Max, que les dangereux « terroristes révolutionnaires » annoncés – la bonne blague. On n'en a pas moins compris, Bob et moi, qu'on était au milieu d'une séquence chaude, comme disent les éditorialistes, et qu'entre le détachement général qui est le nôtre et la fatigue qui nous gagnait depuis quelques mois, on avait raté sa mise en place, l'emballement des événements. Mais cette fois on en était, tous les trois. Enfin tous les quatre. On a appelé Leïla à Champigny, malgré l'heure tardive, pour lui faire part de nos réflexions, lui raconter cette drôle de fin de journée et tout ce qu'elle avait révélé, mais depuis sa retraite méditative, nos voix au téléphone, successives et à certains moments superposées les unes aux autres, ont dû lui sembler un peu confuses, étrangères. Le filet de voix chaud et suave, à peine éraillé, avec lequel elle nous a répondu qu'on lui raconterait ça dans les jours à venir, qu'on semblait « très pris » par la situation et qu'elle était « si heureuse » pour nous, le timbre magiquement apaisant de Leïla nous a calmés tous les trois, comme des enfants en pleine fiction que la cloche du repas vient interrompre. On l'a embrassée, nos lèvres en avant pour des baisers mimés, trop bruyants, déposés à même l'écran vitré du téléphone de Suzanne, depuis lequel on l'appelait. On se dévisageait avec un mélange de fatigue solidaire, quand on peut partager la même, et d'enthousiasme muet, un peu solennel. On n'en revenait pas.

Je me suis couché plus rapidement que d'habitude, un sourire irrépressible en travers du visage. Un sourire derrière lequel je sentais bien les courbatures, les restes de douleur d'hier ou d'abattement du mois dernier, mais sans que la plainte de ma carcasse puisse franchir cette fois la barrière du sourire. Elles se taisaient, ma fatigue, ma douleur, laissant s'épanouir dans le noir une image contraire, l'image d'un dernier bain déconnant dans la rivière du temps. J'avais la banane, irrésistiblement. Je souriais moins de ce qu'avait de piquant, d'ironique même, cette requête si tardive de lever le poing, une seule fois de plus, que du simple plaisir de me laisser porter par les péripéties, le dehors, leurs impératifs que je fuis d'ordinaire et qui, là, me tenaient, me transmettaient leur agitation. Le cours des choses grondait, écumait, pour de vrai, et je n'étais pas assez mort pour que ce rythme-là, la percussion de l'événement, ne viennent pas me bercer – me faire danser, peut-être. Sourire, en attendant.

Le lendemain on s'est réveillés un peu plus tard qu'un matin ordinaire, vers dix heures. Plus tard que ne nous l'autorisent nos horaires stricts, réglés minutieusement, dont on a toujours cru qu'ils étaient le secret de la longévité. On s'est retrouvés autour du lit de Suzanne, qui nous montrait déjà les nouvelles sur son téléphone, l'évolution de ce qu'elle nous avait annoncé avant de se coucher. On était tous les trois à la fois plus fatigués et plus déterminés que la veille, plus résolus en tout cas à aller jusqu'au bout de ce qu'exigerait de nous la guerre en cours, la fronde increvable des faibles. Car cette fronde dont on s'était éloignés, qu'on se jugeait trop faibles pour mener encore, notre faiblesse, justement, nous y prédisposait. Faibles on l'était, ça oui, et la faiblesse irrémédiable de la vieillesse, au lieu d'être notre excuse pour ne pas rejoindre le combat, devenait cette fois notre sauf-conduit, l'expérience qui justifiait de mettre tout ce qu'il nous restait dans la lutte des faibles – qui est la nôtre aussi bien. Avant même le petit déjeuner, le mot de vieux reprenait son sens politique, ce sens qu'on lui avait oublié au gré de nos routines et de nos coups de cafard. On était les guerriers qu'on n'attend plus, les guerriers estropiés que leur guerre à eux accapare trop pour qu'ils aient encore la force de jouer les fantassins de pavé, mais des guerriers encore debout, péniblement mais debout, qui seraient au rendez-vous.

C'est ce que j'ai cru lire, au seuil de cette belle journée, dans les yeux brillants de mes camarades. C'est ce qu'il m'a semblé quand on a quitté la chambre de Suzanne, quand on s'est recroisés dans le couloir et souri faiblement, perdus encore dans le tournis du sommeil. Le monde, comme jadis, était un champ de bataille sans limite et chacun de nous y était une pointe effilée. Finis les grabataires, les seniors à servir, la vie improductive et les parcours médicaux : on était peut-être inutiles sur le front mais on voulait être à la hauteur de l'aventure, à la hauteur de ce rab d'existence, providentiel, qu'on n'avait pas demandé, pour lequel on allait ressortir du placard, dépoussiéré, le meilleur de notre répertoire, les défroques élimées de nos personnages. On jouait, à nouveau. La vie est un jeu. On avait retrouvé au fond de nous l'époque, révolue, où on se donnait des surnoms absurdes et des modèles légendaires, où les autres nous les donnaient et on les devenait, puisque sa vérité la plus pérenne on la doit toujours aux mises en boîte les plus anciennes. C'est l'impression que notre trio m'a faite ce matin-là, notre trio exsangue sorti soudain de son sommeil des derniers mois : l'impression que pour rien au monde on ne cracherait sur une telle occasion, la dernière sans doute quand on n'attend plus rien, rien d'autre que la douleur intenable ou le Samu pressé – fût-elle pour chacun, cette occasion, celle de jouer un rôle mort devant un public de fantômes. On en serait. On serait les légendes tardives de nous-mêmes.

Suzanne, c'était notre Antigone. Sorte de version moderne, façon premier XXe siècle, de la fille d'Œdipe, opiniâtre et sacrificielle : une sœur courage qui aurait désinvesti le monde réel, celui de la survie égoïste, mais porterait sur elle le malheur des siens, l'écrasement de tout un peuple – plus rien pour elle à perdre sur cette terre sinon l'honneur d'être humain. Le gamin blessé hier par l'explosion de la voiture en feu, dont un morceau de carrosserie lui avait tranché la tempe, avait finalement succombé à ses blessures, ce matin à l'aube, et alors que les médias et les militants raisonnables conseillaient de ne pas en rajouter, d'accepter qu'il soit une victime collatérale de la mobilisation, et pas de la terreur policière, Suzanne exigeait qu'on en fasse au contraire le premier héros de la résistance, le premier mort au combat du grand printemps libérateur. La conviction qui l'habitait, entière, comme il y a vingt ans, enflammait ses yeux noirs, ses mots économes, ses gestes nets. Elle suivait sur les réseaux les rares comptes qui défendaient sa position, relayant leurs appels, et elle nous a invectivés toute la journée, comme si on avait pu y faire quelque chose, pour que ce Polynice du onzième arrondissement ait droit lui aussi à sa sépulture politique, à sa vengeance populaire, et dans l'immédiat, à l'énorme marche silencieuse que certains voulaient rassembler pour lui rendre hommage. Elle assurait que cette marche, que l'État voulait interdire, elle la mènerait elle, toute seule s'il le fallait ; elle en rejoindrait le premier rang, pour que son arrestation filmée, pourquoi pas un tir de flashball à bout portant, servent à convaincre les hésitants que la violence va toujours dans un seul sens, dans le même sens. Pour que la violence exercée sur elle serve à quelque chose – « puisque moi je ne sers plus à rien ».

Quand la nouvelle est tombée ensuite que la victime était un sans-papiers, Suzanne a posté au fil de la journée plusieurs messages brefs sur le « fol espoir » qui aurait incité le jeune migrant à rejoindre le mouvement, à ne pas s'y trouver « par hasard ». Elle y souhaitait qu'il ne soit « pas mort pour rien », y évoquait les éclats de sa courte vie qui nous auraient tous « touchés », nous seraient « adressés ». Si on n'accorde pas à Togrul – elle insistait pour qu'on lui rende déjà son prénom – une sépulture politique, « on aura tout perdu », répétait-elle, « on va en reprendre pour vingt ans ». À quoi Bob comprenait qu'on prendrait dans la tronche deux décennies de numérisation de plus, qui feraient de nous des « hommachines » dociles, « foutus de foutus ». Et moi, en phase de dépolitisation accélérée, j'entendais surtout qu'on ne serait plus là pour le voir, que vingt ans ça ne nous concernait plus. Notre Antigone aux sourcils noirs. Le président-manager détesté était son Créon ; les maisons de retraite où les vieux réacs nous suggéraient d'aller finir nos jours, au lieu de boiter près des manifs, figuraient sa dernière demeure, là où Créon voulait l'emmurer vivante ; ce père aveugle et exilé qu'elle guidait parmi les ruines, cet Œdipe dont elle était les yeux, c'était moins son propre père, mort depuis mille ans, que nous autres, tous les trois, Bob le bigleux, Leïla la méditante, moi le pauvre chéri qui n'est nulle part à sa place, ses trois aînés égarés. Et le peuple de héros anonymes vers lequel sa lutte faisait signe, le peuple qu'elle voulait soulever en donnant le sens qu'elle méritait à la mort du jeune réfugié, on se demandait si c'était le peuple des invisibles, visages sombres des exilés sur le pourtour des villes, le peuple des femmes, seules à même de guider l'insurrection en cours, ou le peuple des jeunes, cibles des coups de matraque comme des influenceurs en réseau. Suzanne, ma Suzanne, seule à savoir ce qui compte. Elle se comportait comme une femme en colère. Une femme que son sacrifice souciait peu s'il s'avérait avoir une utilité, et qui ne daignait reprendre du service, après des semaines de repli, que pour ces raisons-là – l'injustice de vieillir l'indifférait, seule l'injustice du monde pouvait encore la sortir de son retrait.

Bob, lui, c'était Nestor, ce prénom vénéré, c'était le vieux sage des iliades. C'était le vieux meneur de chars à qui Apollon, clément, avait accordé de vivre plusieurs décennies de plus pour qu'il continue à guerroyer là où il le pouvait, en conseillant, en repérant dans le tumulte les pistes prioritaires, l'ennemi le moins visible, qu'il mettait tout son acharnement à nous localiser, nous pointer du doigt – le piège du virtuel, voilà l'ennemi selon lui, l'enfumage des écrans : il disait être le seul à comprendre que c'était désormais le grand adversaire, l'unique. Il rayonnait. Les récits entendus, pendant le dîner avec ma fille et ses collègues, de ce guichet virtuel et des galères numériques des jeunes lui avaient donné raison, il en était persuadé. Parce qu'il avait retrouvé la foi, Bob, la flamme qu'avaient éteinte toutes ses années de désenchantement. Il avait réchappé au massacre des siens, il y a si longtemps, les nouveaux héros l'écouteraient, lui le dernier vivant; et fort de son mythe, il monologuait dans tout l'appartement, le foulait à pas lourds, quelque part entre la figure du vieillard mythique, Nestor avec ses navires, et le profil plus familier pour nous du grand bonhomme hors d'âge trop content d'aller barouder longtemps après sa retraite – lent peut-être, mais plus enivré par le combat que tous les émeutiers en culottes courtes. Le plus étrange, pour moi, c'était de voir le guérillero des révolutions andines, le survivant de l'opération Condor, tel que je voyais Bob depuis le premier jour, se réveiller en guerrier d'un autre combat, dégagé de son treillis guévariste pour un autre costume, l'armure du technophobe en chef. Ses bombes artisanales ne viseraient pas les généraux ou les industriels, mais les programmateurs geeks qui nous façonnaient ce cauchemar en réseau. La lutte finale ne serait plus celle du prolétariat mais la guerre aux écrans, le sabotage des antennes relais, le piratage des sites officiels, la défense partout des vies indemnes, libres, hors ligne.

Il n'en démordait pas, Nestor. Il admettait, avec Suzanne, qu'un mort pour la cause c'est toujours bon à prendre, le prix du sang pour renchérir la révolte, mais dès qu'elle lui montrait les derniers messages sur ses listes, les dernières vidéos de la voiture en feu, il fronçait ses gros sourcils et grommelait quelques mots inarticulés – auxquels on comprenait que pour Bob, s'il fallait tweeter pour mobiliser, passer par les réseaux pour rejoindre la bataille, c'était que le ver était dans le fruit, et le combat perdu d'avance. De ses yeux de charbon il implorait le monde de faire marche arrière avant qu'il ne soit trop tard, de débrancher les fils, déconnecter les appareils, délier enfin toutes les existences. Mais ça l'enchantait, ça l'illuminait d'une joie noire, de savoir que c'était un bug qui avait tout déclenché et de croire que les manifs sauvages bourdonnant dans tout le quartier avaient la même cible que lui, le dragon d'électrons. Ça l'arrachait à ses bougonnements habituels, notre Bob, et lui donnait un air triomphant, radieux, l'air de qui savait avant tout le monde mais aurait l'indulgence de ne pas s'en vanter.

Pour eux, je sais. Mais pour moi, nettement moins. J'ai hésité, du coup, entre tous les derniers vieux de la mythologie, puis entre leurs homologues aimés dans l'histoire moderne ; j'ai hésité entre des personnages de roman qui m'allaient mal et des embusqués légendaires qui m'allaient trop bien. J'ai hésité et failli abandonner – même être une femme du sexe opposé ça ne m'allait pas. Et puis maintenant que la guerre était venue nous réveiller, j'avais autre chose à faire que me chercher une figure de fiction, une légende d'emprunt. Je l'ai dénichée quand je n'y croyais plus, au bout de ce lendemain sans fin. Je l'ai dénichée au coin du salon, au hasard d'une étagère XXe siècle, tellement à contre-emploi que j'ai trouvé tout de suite qu'elle m'allait comme un gant. Je ne serais pas personne, je serais celui-là : Churchill.

Oui, Winston, le bon gros Churchill, dodu comme une ruse : moi le communiste de papier, l'ancien gauchiste de salon, j'étais en fait Churchill, mais Churchill après la guerre, Churchill qui n'en finissait plus de vieillir, décalé, claquemuré, écrivant ses mémoires tandis que d'autres guerres grondent qu'il ne voit pas venir, qui ne l'intéressent plus assez pour qu'il les reconnaisse. Churchill s'accrochant au pouvoir, incapable de lâcher prise, de laisser en lui la déprise faire son chemin. Churchill si lucide en son temps, qui avait eu le courage de penser seul, et si déphasé dans la séquence suivante, qui n'était plus son temps, si peu enclin à accepter l'époque nouvelle qu'il y bafouait les principes qui avaient fait de lui un héros. Et plus trivialement, à même le stéréotype, j'étais le Churchill avachi au balcon de l'histoire, comme les vieux du Muppet Show en surplomb au-dessus de la scène, le Churchill qui prône, si l'on veut durer, le whisky plutôt que le sport, le cigare à la place des blouses blanches, le persiflage et la médisance et non la curiosité béate pour le monde d'après.

Il ne m'avait jamais intéressé, Churchill : vaguement jaloux qu'il cumule le statut de sauveur du monde libre et le prix Nobel de littérature, j'en étais toujours resté à ces bêtises-là, et deux trois citations de ses mémoires. Mais pourquoi pas, pourquoi ne pas me contenter de ce masque grossier, d'une caricature aussi peu ressemblante. Ça me va, tout me va. Churchill aussi, s'il est celui qui se trompe de guerre mais aime encore les côtoyer, les dépeindre, les peuples en guerre, les tactiques de guerre. Le pouvoir à la retraite, si on veut, ou plutôt, dans mon cas, la nostalgie de ce qu'on n'a pas vécu. Mais roublard, surtout, le côté vieille fripouille. Ou petit garçon qui mériterait le fouet, comme disait l'autre. Je serais donc ici – et le fus dès le premier jour de cette guerre, cette guerre qui eut à peine lieu – le sceptique malicieux, le stratège démodé, un genre de vieux Schtroumpf grognon et rusé à la fois qui, à la place du bonnet blanc, se verrait bien en haut-de-forme et, plutôt que d'une barbe et des lunettes, se doterait d'un goitre de légende. Une saucisse cocktail en tweed, compacte et perfide, à part de tout. Pas très malin tout ça, mais c'est ce que j'ai noté. Au mot près. Moins galvanisé que Bob et Suzanne, je m'interrompais dans mes lectures ennuyeuses – sages éditos qui me laissaient sur ma faim – et me levais soudain, pour faire mon sketch : un chapeau d'été sur le crâne et un gros bout de carton roulé entre les lèvres, faute de cigare, je déniais au beau mouvement en cours, avec un accent british surjoué, toute chance de l'emporter, toute stratégie valable, toute intelligence politique, même. Aucun de nous trois, même pas moi, ne savait si je jouais vraiment ou si je confessais mes doutes. Je voulais bien admettre, d'un coup de menton vers Suzanne, qu'il n'était rien de plus politique qu'un mort dont on se dispute la cause ; mais je refusais à mon tour, cherchant cette fois le regard de Bob, que des motifs aussi contradictoires et un bug technique suffisent à transformer en un « sujet politique » la piétaille excitée qui continuait de passer sous nos fenêtres. Je me tenais quelque part, sans trop savoir où. Mon incrédulité un peu érudite et ma défiance tranquille, dignes de Pyrrhon autant que de Churchill, agaçaient l'un après l'autre Bob puis Suzanne. Ils lâchaient pourtant un sourire, ou venaient déposer une bise sur ma vieille joue poilue, dès que je poussais mon jeu de rôle jusqu'à la clownerie pure et simple. Quand j'outrais une grimace renfrognée, pour imiter la face sévère du vieux lion. Quand je me dandinais à travers Finale Fantaisie en laissant échapper quelque juron old school sur « de Gaulle ce bastard », bras en ailes d'avion pour imiter la Royal Air Force. Ou quand je marchais vers mes aimés d'un pas résolu, les interpellant avec un accent exagéré, chaque *r* imprononçable, chaque lettre mâchouillée dans un franglais de circonstance : « Alors, Antigone, on joue toujours les égéries du cimetière ? Miss Deuil, que vous êtes pretty ! », et me retournant par surprise vers Bob : « Vous, Nestor, vous allez tous nous enterrer, avant qu'on ait évacué cette saloperie de Cheval de Troie !... » Je jouais mon rôle, qui n'est pas seulement de faire le con mais aussi, plus essentiellement, de border, si je le peux, les dérives de mes compagnons, qui n'ont pas mes garde-fous. Je lançais, derrière mes imitations grotesques, un appel sincère à la vie quand elle n'a plus beaucoup de temps devant elle – « autant se faire plaisir, ladies and gentlemen ».

Antigone, Nestor et Churchill sont sur un bateau. Leur drôle de galère a l'avantage sur les drakkars ou les trières d'être à l'écart du reste de la flotte, du reste de la bataille. À l'arrière-garde ou à l'avant-garde, selon qu'on lit le temps dans un sens ou dans l'autre. Mais à côté de tout, à n'en pas douter. Et il est impensable, effectivement, qu'Antigone et Nestor tombent à l'eau, qu'il ne reste à bord que Churchill, vieux comme un cuir tanné. Il est impensable de jouer seul cette ultime partie gratuite. J'y ai pensé quand même, un seul instant, avant de redire que c'était impensable. Pas question. D'être ici le dernier debout. Surtout dans une guerre dont je suis, comme souvent, le déserteur principal, le désengagé volontaire, pleutre et désinvolte. « Je ne suis que sympathisant », expliquait, l'index levé, le dernier type de la file des emmanchés, des gars nus enfilés les uns dans les autres : j'ai longtemps cru que cette formule tant aimée, dans un fameux dessin de Reiser, me servirait d'épitaphe, à moi qui suis un peu partout et jamais nulle part, moi qui rejoins les plus longues chaînes humaines mais veille à y garder toujours ma virginité, trouillarde. Depuis sa réserve congénitale, caressant le chien noir de sa dépression, lord Spencer devenu Winston C. pourrait peut-être reprendre à son compte la maxime de Reiser, lui faire subir les diphtongues du porridge, l'accent ultra-manchot : « Je ne suis que sympathisant. » *John euh souis que saint-pat eezan*. Puisqu'on est toujours mieux, il le savait bien, dans le décalage qu'au cœur des affaires, en scribouillant ou en peignotant qu'en siégeant, martial, sur les bancs des Commons.

Le problème, c'est l'épuisement. Quand tout s'est calmé autour de nous, quelques jours plus tard, on est restés là, terrassés, abattus. Il y avait eu trop d'action, fût-elle imaginaire, après trop d'inertie. Chacun d'entre nous était arrivé, cette fois, à la limite de ses forces. Quand tout est rentré dans l'ordre, entre répression et désillusion, nos personnages se sont évaporés, on s'est retrouvés lessivés, essorés, lourds d'une fatigue qui pourrait bien être fatale, définitive. Une telle fatigue nous stupéfiait, qui semblait nous emmener ailleurs, dans un autre monde que celui si connu de nos rituels et de nos blagues, de nos soins minutieux et de notre snobisme phalanstérien. On mangeait moins. On sortait à peine. On ne se parlait presque plus. On geignait, tout nous agaçait. La lumière nous agressait, comme une énorme gueule de bois mais définitive. On parcourait Finale Fantaisie moins souvent et plus pesamment encore. On vacillait sur place, comme un vieux gréement immobile que vient d'effleurer un hors-bord lancé à pleine vitesse – ces quelques journées de mouvement, qui ne sont plus de notre âge, nous avaient laissés vacillants. La frénésie nouvelle du 23 a eu le même effet que la routine inverse, atone, qui l'avait précédée, le même effet que tout ce qui peut nous arriver, et qui nous fait souhaiter qu'il ne nous arrive plus rien : augmenter en nous l'ivresse de la vieillesse, l'ébriété singulière qui est celle du grand âge. Car au nôtre, trop de choses ou pas assez surexpose pareillement à la solitude du temps, à ses vents agités. Ne rien faire, en tout cas si peu, ou au contraire se trouver pris dans des turbulences imprévues, comme ces derniers jours, nous tournait la tête tout autant, nous soumettait au même vertige. Ça venait frôler nos corps immobiles, les entortiller dans les lacets du temps ; ils en perdaient leur équilibre, nos si vieux corps, ne tenaient plus debout, ne comprenant pas bien ce qui avait lieu ; on avait la tête grise, grisée, le cerveau ralenti, avec ce sourire minimal, de faiblesse, qu'on adresse à ce qui passe trop vite et nous fait flageoler dans son élan. Vivre nous saoulait, littéralement : un peu trop de choses se déroulaient dans ce bête infinitif pour que nos constitutions épuisées puissent encore le supporter.

Paris est rare

On a continué, pourtant. Leïla est revenue. Suzanne a repris ses rituels, Bob ses bougonnements, moi mes matinées d'écriture – et tout s'est fait moindre, nos mots, nos sorties, nos échanges, nos dépenses d'énergie. Avec encore quelques conversations animées, quelques jeux fatigués. Hier, par exemple, sans qu'on sache pourquoi, on savourait plus que d'habitude le fait si banal d'être ensemble, tous les quatre. On avait envie de palabrer, pour la première fois depuis longtemps, ou au moins de glander de concert. On s'en est rendu compte quand on s'est retrouvés, Bob, Leïla et moi, accoudés côte à côte à la balustrade de la terrasse, face à notre drôle de panorama urbain. Il était midi. Suzanne nous a rejoints, puis elle a mis sur le feu une casserole géante d'eau salée, sorti un cresson poilu et deux fenouils. Je ne sais pas comment les conversations, lasses puis vives à nouveau, peuvent à ce point virer de bord, se séparer aussi, mais on s'est tous assis ensuite autour de la table basse et on a discuté, Bob et moi, des derniers bouquinistes des bords de Seine et, Leïla et Suzanne, du mâle coupable, ce pauvre chéri.

Au début j'ai pu attraper au vol quelques-unes de leurs répliques, écouter Bob tout en tendant une oreille indiscrète vers les filles, leur ton délié, moins châtié qu'avec nous. C'est que j'ai intercepté mon nom, les ai entendues citer mes mots, récents. J'ai cru comprendre qu'elles évoquaient une ou deux des confessions que j'avais faites à table il y a quelques semaines, quand j'avais tenté de dire pourquoi la nouvelle morale du désir me laissait sceptique, en expliquant mes manies jadis de mateur impuni. J'avais même improvisé ce soir-là une petite théorie de l'œil qui traîne, l'œil qui mate et qui jouit de son petit pouvoir, puis j'avais essayé d'en faire une petite scène S/M obscène, une scène d'œil à cul : leur dire pourquoi ce qui m'excitait, c'était d'abord la toute-puissance de mon regard dans le métro, ma prunelle aux aguets traînant sur les fesses ou les seins qui ne peuvent pas se cacher, cette inégalité requise – mais réversible, j'avais cru devoir ajouter – entre l'œil qui déshabille et la forme saillante tellement désolée de ne pouvoir y échapper, flagellée par les pupilles des embusqués, « et d'autant plus excitante ». Puis quand j'avais ajouté, devant leur air affligé, que c'était fini tout ça – croyant rattraper mon cas –, qu'avec le déclin final de ma libido, et de ma compulsion masturbatoire, j'avais pu mettre de côté ce petit-moi-qui-mate et ce petit-moi-qui-jouit pour qu'émerge en chaque femme un objet de contemplation, et non plus de désir, d'étonnement, et plus de consommation. Oui, ce soir-là je leur avais dit ça – j'aurais mieux fait de me taire, c'est ce que j'ai compris cette fois, au risque de perdre entièrement Bob qui continuait de me parler. Mais je l'écoutais d'une oreille, et pendant qu'il plaignait les gens du livre, cherchait à m'intéresser sans voir mon regard vide, de l'autre oreille je reconstituais, entre les murmures des filles, mes deux gaffes successives de l'autre soir, mes deux dérapages patriarcaux – elles m'avaient bien mis en boîte, d'imaginer que seuls les hommes avaient des mirettes et, pire, d'avoir attendu d'être octogénaire pour respecter les femmes, « si on t'a bien compris ». Je les entendais, sur le canapé d'en face, moquer maintenant les frileux et les fourbes, qui imputent à leur vieille nouille rabougrie tous les malheurs du monde, « croyant nous faire plaisir », mais qui ont toujours autant de mal à admettre la jouissance vaginale d'une vieille dame. Je connais le topo, alors j'ai rejoint Bob pour de bon, qui aurait sûrement préféré discuter avec les filles lui aussi mais n'a pas, comme moi, les oreilles qui traînent, la manie de vouloir toujours être ailleurs. Et on s'est remis lui et moi à pleurer sans larmes, avec la retenue de vieux lords en vestons, ce monde des lettres fini qui n'en finit plus de finir, l'immense tristesse des livres intouchés sur les étals des bouquinistes, humiliés par le soleil, dans leur poussière et leur obsolescence, sous leur plastique inutile, parmi le désintérêt des passants et l'indifférence des touristes. Comme si nous aussi on regardait passer les passants, comme si on s'était collés à ces livres, glissés sous leur plastique pour leur tenir compagnie. Quand j'ai à nouveau tendu l'oreille schizo, celle qui n'est pas sourde, je crois avoir entendu Suzanne et Leïla pouffer retenir un rire en tout cas, alors qu'elles racontaient leur gêne à vingt-cinq ans quand des pets vaginaux surgissaient en plein coït – je crois avoir entendu ça, qui m'a frappé, mais je n'en suis pas sûr, j'ai si peur de rater l'essentiel. Quelle caricature, soudain, cette répartition des thèmes : le bruit du corps contre le silence des livres, la drôlerie des opprimées contre l'ennuyeuse mélancolie des seigneurs ; on aurait pu faire mieux. J'ai entendu l'eau sur le feu, qui bouillait depuis un certain temps, et j'en ai profité pour couper court :

– Je ne sais pas où vous en êtes, mais moi j'avalerais bien de la nourriture à caractère mangeatoire…

L'après-midi a été plus calme encore, siestes et menus travaux. Et à l'heure du scrabble, ou du thé à quatre – puisqu'on ne fait en général ni l'un ni l'autre, mais qu'on aime en garder la possibilité –, on a choisi plutôt, sur proposition de Bob, de se remettre à notre carte géante du Paris révolu : un rouleau de papier blanc de bon grammage sur lequel Suzanne et moi avions dessiné un plan assez exact, malgré quelques axes bancals, du Paris intramuros d'aujourd'hui, patate énorme striée de lignes confuses et ceinte par l'anneau bleuté du Périphérique. Notre parchemin colossal, plein de rues aux bords gris et d'avenues aux bords jaunes – le code couleur retenu –, on l'a déroulé religieusement, en sucrant les fraises, évidemment, on l'a déroulé pour la première fois depuis plusieurs jours, sur la table dégagée de la salle à manger. On était trois devant et, cerveau décidément plus élaboré que le nôtre, Suzanne en face de nous, abordant la carte à l'envers mais avec plus d'aisance. Et on s'est remis, chacun son stabilo de couleur en main, à tracer sur le plan déroulé les trajets de nos souvenirs urbains à chacun – orange pour Leïla, vert pour Suzanne, violet pour Bob et rose pour moi. De courtes lignes ou de longs lacets, leur tracé audible, un peu grinçant sur le papier, suivi en général d'un mot de commentaire, un mot habité, monocorde, la litanie solitaire des souvenirs.

– Trois fois par semaine j'allais faire du rameur chez un ex-amant rue Fourneyron, et au retour je faisais le tour par la rue Lemercier pour rapporter le déjeuner… enfin un rameur, c'est un bien grand mot…

– Ramer chez un ex, pourquoi pas. Très village Brochant.

– D'où qu'on vienne dans le quartier, nous on se retrouvait tous place Dalayrac, le coin parfait, presque fermé, mais en passant par un resto chinois on pouvait fuir par le passage Choiseul… Y'avait de tout : acheter de la dope frelatée, se refiler le seul gun de la bande, retrouver un vague contact local des Italiens, rencontrer des garçons de quatorze ans aussi, pas ceux qui se faisaient payer je veux dire… Dans le coin il y avait déjà le Sept, les caves clandés, Emaer le malin en embuscade…

– On dirait le Palais-Royal des séditieux, genre 1760…

– Voilà, avec une petite boucle là… J'ai tellement arpenté ces cours-là, entre Saint-Martin et le boulevard de Strasbourg, j'étais obsédée par l'habitat très très serré : les derniers étages les plus biscornus, les immeubles minuscules, branlants ou fins comme une feuille de papier, au bout du passage Brady il y en avait un, et de la rue Goublier aussi, introuvable quand on la cherchait celle-là, et vers Château-d'Eau, tiens…

– Moi, j'étais vraiment pas loin, de l'autre côté de ta porte, ma chérie… Je ne sais plus ce qui m'attirait à ce point vers le haut de la rue Saint-Denis, si c'était la discute avec les vieilles tapineuses qui savent tout, ou la rencontre avec leurs collègues plus jeunes, et plus bronzées – rare, la rencontre, je vous dis ! –, ou juste mon emballement pour ce bord du Sentier, le remblai de Bonne-Nouvelle, j'y suis passé pendant tant d'années : l'immeuble trop étroit au pignon de la rue de la Lune, là, les dernières portes de la rue de Cléry, les marches graffitées de la rue Chénier… Je pouvais y rester bouquiner une demi-journée entière, alors que vraiment c'est pas les Maldives…

Suzanne a forcé le passage de son feutre, dans la mêlée, écartant imperceptiblement le bras de Leïla.

– Par là on a plusieurs bouts de rue qui n'ont pas changé, avec très forte odeur de pisse, incrustée pour l'éternité, et tentes Quechua habitées depuis des siècles : la rue Sibour, le tunnel au bout du passage Dubail, la cour derrière le Café Moustache, que j'aimais tellement… et aussi les jeunes Afghans derrière la gare de l'Est, ils avaient marché trois mille kilomètres depuis chez eux et se retrouvaient avenue de Verdun, dans des montagnes de guano, pour s'échanger des sandwichs ou des baskets réparées, recousues…

– Ah oui, c'est derrière le couvent des Récollets, grosses fêtes aussi là-bas, il y a longtemps, avant qu'ils louent la chapelle pour des galas d'écoles de commerce... Mais pour les Afghans, oui, je me souviens. Y compris de leurs pompes en miettes, leurs pompes funèbres... Fallait bien Récollets les morceaux, c'est ça?...

On a continué en silence, tous un peu consternés par mon humour de vieux. Leïla, elle, a signalé qu'il y avait trop à dire pour qu'elle ait la force de dire vraiment.

– Je vais juste noter les rues trop petites pour qu'on les ait mises, quelques-unes, j'y ai passé plusieurs vies... Celle où je courais avec les courses quand j'étais gosse, là, les Haies. Celle où j'ai dormi quand je ne savais plus comment je m'appelais, surtout Vitruve, un peu l'impasse Poule. Sur les murs des rez-de-chaussée j'incrustais des cœurs au canif, des soleils aussi, j'ai dû écrire des mots sûrement et les signer avec mon sang, je ne sais plus... Tiens, c'est là. La place Marc-Bloch, elle, n'existait pas, mais l'église Saint-Jean-Bosco oui, beau vaisseau Art déco, clocher presque aussi beau qu'un minaret, on passait se nourrir au petit foyer derrière le bureau du curé...

Il est si rare que Leïla évoque sa zone, ses années de zone, qu'on a été soulagés pour elle du silence qu'elle s'est vite imposé. Bob, lui, a eu un sourire d'enfant.

– Là où j'ai été le plus heureux, c'est peut-être sur la butte Bergeyre... Avec Alex on montait en courant par les escaliers interminables, côté Manin ou côté Bolivar, là… puis là, en alternance… Et là-haut rien ne pouvait nous atteindre, sur le banc sans dossier face à Montmartre, sous les lierres mal coiffés des villas d'entrepreneurs IIIe République, rue Barrelet-de-Ricou, rue Georges-Lardennois, des noms pour apprendre le français… On redescendait le long de l'hôpital Rothschild, on traversait le parc en faisant du footing puis on allait s'embrasser passage du Plateau, le plus étroit de Paris…

– Ça reste à voir, ça… Faudrait comparer avec les mini-cités vers la Mare, passage Plantin, c'est pas large non plus par là…

– Disons qu'on n'aurait pas pu y passer, au Plateau, après un dîner tardif chez Ramona… Je vous rappelle que j'ai habité en face, longtemps… Tiens, c'est là. Les plus gros sandwichs de la galaxie, à la tortilla double, la paella la plus grasse de la planète… Vous vous souvenez, quand même ?

Suzanne acquiesçait du menton, en connaisseuse, et en même temps rigolait, un peu égrillarde. Elle nous imitait :

– Nan, c'est *mon* passage qui est le plus étroit…

– Alors qu'à Buzenval – l'a coupée Leïla – c'était sûrement plus étroit encore, avec tous les décharnés du quartier… Je me demandais même, à l'époque, si le nom Buchenwald n'était pas une version germanique de Buzenval…

– T’exagères, avec tes blagues islamogauchistes… C’est pour ça que j’ai toujours détesté le quartier Oberkampf, cela dit… Moi, au début c’était plus impérial, ça se passait dans le sud-ouest de la patate, par là, le coin corné de notre chef-d’œuvre… là, voilà… Les gros immeubles modernistes du boulevard Murat, les squares du boulevard Suchet, qui ont vite viré brésiliennes – Maréchaux, nous voilà ! –, et là, la façade gaufrée rouge de l’hôtel Nikko… Un tout petit empire, avec quelques tourelles, un empire pour les enfants, les nains…

On monologuait, tant mieux. Dialoguer, ici, aurait été trop courtois.

– Pour expliquer la poésie de la rue de l’Ouest et de la rue Losserand, il me faudrait un peu plus de temps… Mais je m’y comportais comme à Saint-Martin, comme une folle : je parlais à tout le monde dans la rue, les gens avaient peur parfois.

– Et par là, il y a les passages où certains d’entre nous habitaient déjà, on y faisait table ouverte le dimanche, avec les mômes partout, les solitaires qui passaient boire un verre, et nous les parents bobos pas encore trop pénibles… C’était bon de pouvoir s’étaler comme ça, sur ces pavés-là… Les spots à banquets du dimanche c’étaient surtout les Trois Bornes, les Fabriqués, c’est là je crois, quel nom aussi, et la Fonderie, ah oui la Fonderie… J’y ai même emprunté un coin bureau, là-bas, j'ai travaillé six mois pieds nus au bord du petit passage…

Feutres stabilo dressés et débouchés, regards perdus dans les délices du révolu, on tenait sur nos chaises en équilibre, sur un genou ou un pied, quatre nez au-dessus de la grande carte manuscrite, plus droits et jeunes sur ces chaises-là qu'on ne l'avait été depuis des mois. On passait le temps. À regretter des squats disparus, des attentes envolées. À pleurer les pâtés de maisons méconnaissables, les troquets remplacés par des boutiques, les libraires par des fast-foods chic. À deviner nos passés aussi, par les trous que l'oubli, envahissant, laissait se former par endroits. À moquer autant, en vérité, la méprisable trahison de cette ville, Paris passé de Gavroche à Century 21, des situs psychogéobourrés aux drones de protection du tourisme, que notre propre ringardise, nos émois d'hibernés, l'anachronisme savouré de chaque repli de notre carte du Tendre. On passait le temps dans la pauvreté du souvenir, la triste joie de ce temps frêle, trop mince, qui est le moment du souvenir, alors qu'on a perdu à jamais le temps épais, dense, du moment parisien disparu – seules ici la page géante et les couleurs de nos feutres redonnant un peu de consistance aux squelettes de nos vies. Depuis qu'on a commencé ce plan on en a passé, comme ça, des après-midi sur la grande table à tracer des lignes dans tous les sens. À dessiner, d'une longue ligne de couleur ou d'un trait tremblant, les parcours de nos jeunesses en ville, les circuits de nos quatre cents coups, les itinéraires de nos années creuses et de nos moments de gloire. Et, toujours, les quartiers successifs de nos habitations, tous situés dans les limites de l'enceinte des Fermiers généraux – comme on aime le rappeler avec une pointe de pédanterie, pour avoir l'air aussi vieux que l'histoire moderne. Les tracés effacés, révisés, du Paris des glandeuses, du Paris des glandeurs, du Paris vif et pourri, depuis longtemps nettoyé, si récent pourtant, ce Paris qu'on réinscrit en rêvassant sur la carte de la ville d'aujourd'hui, penchés au-dessus de la table entre les mots qui se bousculent et les bras qui se croisent. Comme on ferait resurgir, à même une pierre tombale bien lisse, les vices pointus et vivants qu'avait eus le mort allongé là-dessous. Le mort est encore vivant, dans notre cas ; mais gentrifié, quand même, docile, aseptisé. Et si vieux. Voué au souvenir pauvre et à l'inertie de Reuilly. Un mort embaumé dans la fine pellicule du temps qu'il reste.

Pour Leïla, il y avait eu depuis les origines le quartier Buzenval, entre les Vignoles et la Réunion, avant une parenthèse de quinze ans, au moment des grands virages de sa vie, dans l'ouest du dix-septième, vers la rue Brochant. Pour Suzanne, passée d'abord par Toulouse et Zurich, il y avait eu ensuite la porte Saint-Martin, la très sale église Saint-Stéphane un peu plus haut vers la gare de l'Est puis, avant Finale Fantaisie, un excursus imprévu de huit ans au nord du quatorzième, métro Pernéty, cet « état intermédiaire entre Plaisance et Gaîté » comme l'appelait son denier amoureux. Pour Bob, qui avait erré sur trois continents avant de se poser pour de bon à Paris, il y avait eu, encore crasseux et bohème, le quartier Sainte-Anne, près du Palais-Royal, puis plusieurs décennies en pilier bellevillois, rue Ramponeau d'abord, rue de l'Atlas ensuite et, au vert, devant les Buttes-Chaumont, jusqu'à ce qu'il découvre un jour notre petite annonce. Pour moi, c'était un lent déplacement vers l'est, ma route de la soie à moi, ou de moi à soi plutôt, tant je m'étais heureusement éloigné de mes cocons de départ : porte de Saint-Cloud jusqu'à vingt ans, et ensuite, avec des durées variables, Beaugrenelle, le Sentier, Goncourt-Parmentier et enfin Érard. Pour tous, il y avait les savoirs de la rue. Ceux qu'on acquiert dans les longs moments d'oisiveté passés sur le même trottoir ou la même placette. Ceux qui consistent à connaître par le menu l'état des uns et des autres dans le quartier, à jauger les distances et repérer le détail inhabituel en un instant, grâce à la familiarité ancienne du même corps avec les mêmes murs et les mêmes coins de rue. Les simples savoirs rêveurs des piétons quotidiens : ces gens du coin qu'on avait été, ici puis là, ceux qui savent par les pieds, qui en tirent la sensation sûre, physique, géologique, d'être chez eux sur ce boulevard ou à ce carrefour, indéfiniment foulés – topographie incorporée.

Ces savoirs, on les a acquis au fil des décennies et des quartiers, on les a même complétés dans notre dernière vie, dans notre coin du douzième. On y végète pourtant moins longtemps qu'on ne le faisait dans nos quartiers passés, moins longtemps aussi qu'au début de notre aventure ensemble, souvent pressés de rentrer désormais. Mais on y dévore encore des yeux le peu qu'ils peuvent attraper, voyeurs de ville impénitents. On s'y chuchote encore et toujours, en trottinant malaisément, nos nouvelles des travaux interrompus et des clochards tutélaires du quartier. On y avait même gardé, jusqu'à récemment, nos éternels jeux d'observation de rue, les concours entre nous quand il s'agit de repérer les attitudes depuis une terrasse de café bien placée – notre préférée a longtemps été celle de la Liberté, sur le faubourg, familiale et déjantée à la fois, refuge des solitaires et des tannés. Les premières années, on s'y installait devant notre apéro pour commenter les rites de trottoir, débattant de leur permanence ou de leur renouvellement en jouant à désigner sur le vif ce qui relevait du très neuf, soliloque téléphonique pour enregistrer un vocal ou ces crétins qui passent en gyropode, et ce qui relevait de l'ancestral, postures lascive ou virile, hystéries de piétons pressés. Neuf ! Vieux ! Pas si neuf !... Mais on est trop vieux aujourd'hui pour fréquenter encore la Liberté, y toiser les passants. Et puis on ne joue plus beaucoup, ni dans la rue ni ailleurs ; on fait trop attention à nos pieds et au sol sur lequel ils tâtonnent pour arriver à regarder autour de nous. On y est moins souvent par les pieds, dorénavant, que par le souvenir, avec ou sans carte géante. Par les retours en mémoire et les projections dans l'histoire, ou juste par le mal du pays, le regret de la rue, de ce pays du jeune âge qui nous a depuis longtemps fermé ses frontières. Mais on en a encore la carte en tête. Sur laquelle ça nous fait, à nous quatre, un paquet de trajets, un sacré nœud d'errances. Un imbroglio de bribes de lieux et d'anecdotes tremblées au-dessus de la table de la salle à manger.

– On a tellement glandé, surtout, c'est plutôt ça qui a changé que les façades ou même les loyers... Un truc de temps plus que d'espace. Regardez, on glande toujours, mais indoors.

– Ça n'est pas que l'âge. C'est aussi que depuis, le dehors a été confisqué, domestiqué.

À ses mots j'ai entonné, avec un peu de peine, le discours de la Libération que je leur fais trop souvent, exagérant le fameux râle du Général :

– Paris muséifié, Paris marchandisé, Paris tellement fliqué, Paris immobilier, Paris stabilobossé !... Paris de la glande, ah ça oui, du grand désœuvrement, c'est ça qu'on a aimé, vous croyez pas ? Entre les potes au chômedu, ceux qui ne vivaient que de mégots de clopes, les gauchos de bistros qui passaient l'aprèm à citer Chomsky et Victor Serge pichet sur pichet, les sex-shops gratuits aussi, les stations debout à discuter de rien, ou de l'essentiel, mais en prenant vraiment le temps... c'est plutôt ça qui n'est plus.

– Tout fout le camp, hein, décidément... Tu ne vas pas recommencer.

Bob m'a sauvé la mise :

– Ce qu'il faut faire, c'est une carte militaire maintenant, opération reconquête, reprendre quartier par quartier le territoire de l'inaction, grossir les rangs des déserteurs, qui ont pas mal rétréci ces derniers temps...

De mon côté je me sentais un peu ridicule, inutilement solennel, avec ma mort de Paris, la ville vendue aux vautours, mais j'ai insisté ; leur affection, leur tendresse fatiguée – leur camaraderie ou leur fraternité, maintenant c'est pareil – m'autorisaient à me laisser aller, à faire à nouveau l'imbécile, celui qui lèche son amertume comme si c'était une glace à l'italienne.

– Autant, vous le savez, les fleurs ou les banquises j'ai du mal à les regretter, je veux dire concrètement... autant, ces trajets effacés c'est de la tristesse directe, je trouve, par blocs entiers... Je regrette tellement qu'ils aient disparu, mais je savoure tellement plus d'avoir été dans les derniers à en profiter. On a connu la ville d'Ys, les gars, Pompéi avant l'éruption, on en a été, tant mieux, merde alors, et tant pis pour après... C'est ce que je vous dis à chaque fois. En même temps on est peut-être cons de s'imaginer avoir été les derniers à déconner dans Paris, à n'y rien faire de nous, pendant que les autres étaient au boulot... Parce que non, on sait bien que non, que tout ça n'est pas fini...

En taisant la fin de ma phrase, indécise, j'ai compris soudain, sans le leur dire – alors qu'il aurait été tellement plus pertinent de dire ça que tout ce qu'on vient de dire –, j'ai compris qu'il n'était pas question ici des trahisons du capital, des trahisons des promoteurs, des trahisons des générations ni de celles de l'histoire, mais plus brutalement encore des trahisons du temps. Le temps qui, à lui seul, transforme les espaces et efface les traces de nos pas. Ce ne sont pas la flânerie anarcho-urbaine ni la ville populaire qui n'ont plus d'avenir, c'est juste nous. Ce n'est pas la Commune ou la Glande qui sont finies, mais notre temps.

On a replongé vers la carte, stabilo en l'air, sourcils froncés vers des souvenirs trop loin enfouis, inaccessibles, faussement réveillés par quelque toponyme. On s'est remis à monologuer, plus rarement à discuter. Mais alors on se comprenait ; c'était bref et tranquille, à la manière d'enfants qui discutent pendant qu'ils dessinent, l'œil rivé à leur page. Sauf que dans notre cas, malgré la fatigue, c'était aussi un peu martial, repeint en visions guerrières – comme dans une tente de l'armée autour d'une table pliante des stratèges en képis se prépareraient à parer la prochaine attaque. C'est ça : c'était comme une vieille offensive essoufflée, adoucie par le souvenir. On est les enfants et on est les soldats de plomb, de guerre lasse. On a la tente-perchoir, on a les képis clairsemés, on a l'attaque du vague à l'âme : on part ensemble à la reconquête de nos passés, que personne pourtant ne nous avait annexés, juste l'hiver du temps qui passe. Le temps qui éloigne les joies, les change en choses mortes. Nos passés frigorifiés, perdus, venus colorer certains après-midi la patate manuscrite sur la table de la salle à manger. Nos passés qu'on invoque à mi-voix, comme pour vérifier qu'ils ne sont plus. Personne ne nous a rien demandé mais on s'y laisse aller, depuis notre foyer

VIP du douzième, à notre flot de souvenirs, nos étoiles radotées, qui n'intéressent que nous et n'ont besoin de personne.

Paris-Érard, comme au début on avait aussi voulu appeler, un peu platement, cette dernière demeure, parce qu'on y entendait l'essentiel, qu'on savait déjà tous : Paris est rare.

En cuisine

J'ai senti que ça se gâtait, avant d'en avoir les preuves formelles. J'ai senti que nos différences, ou nos vieux différends, étaient en passe de l'emporter sur nos années d'harmonie, sur les souvenirs des jeunes retraités épanouis qu'on avait été. J'ai senti que l'obscurité gagnait du terrain, à même nos dernières conversations, même les plus élaborées. Déjà, nos aptitudes à tous les quatre sont passablement inégales ; la vie d'intérieur en a toujours été l'incessante illustration, mais j'ai l'impression qu'avec le temps, et le déclin qui s'accélère, elle aiguise de plus en plus nos divergences, là où elle pousserait plutôt les vieux couples ou les fratries à converger, à se ressembler toujours plus. L'intendance est pour certains le meilleur moyen de participer – Bob dans le rôle de l'inspecteur gadget, Suzanne émettant, dès qu'elle cuisine ou nettoie, des idées cocasses et des questions pour chacun –, et pour d'autres une façon d'y échapper : Leïla dans un silence rêveur et moi, incorrigible, en parvenant souvent à m'en dispenser, des tâches communes, comme quand j'avais vingt ans. Et lorsque je m'y colle enfin, ça aurait plutôt tendance à m'absenter, tellement la moindre tâche m'absorbe alors corps et âme. Il n'y a rien, de ce fait, que j'aime davantage et en même temps que je déteste plus que nos longues séances, comme hier soir avant le dîner, passées à cuisiner tous les quatre en dégoisant de temps à autre, moins à bâtons rompus qu'en anacoluthes marmonnées – des gestes saccadés, habitués, entrelardés de mots mâchonnés, écourtés. Car en spectateur, j'ai toujours adoré cette parole occupée, intermittente, la drôlerie et le génie de sa circulation, très aléatoire, la dernière image paisible aussi de notre petite mêlée ménagère ; mais je déteste, en acteur de la scène, la polyvalence qu'elle requiert de moi, inapte que je suis de plus en plus à la superposition des tâches – incapable d'à la fois tailler une bavette et trancher des légumes, babiller et persiller. J'ai l'impression d'un double échec, dont je tire une double frustration : foirer ce que je faisais sans pour autant rester assez concentré pour aller au bout de mes arguments. Mais il y entre aussi un certain plaisir, proche du soulagement, celui de me laisser déborder et de pouvoir me désister. Je ne cherche plus à y arriver, là comme ailleurs.

Bob, hier soir, dénervait un à un nos blancs de volaille en maniant le couteau comme un chirurgien son scalpel, mais un chirurgien bossu et brouillon. Tout en lançant entre ses dents, au hasard de ce qui lui venait, des invectives de plus en plus virulentes contre le monde des réseaux et des écrans, auquel il n'hésite plus, fort des événements récents, à imputer désormais tous les malheurs du monde, de harangues en paraboles.

– Ils sont tous tombés amoureux de leurs menottes, de leur bracelet électronique… Ils adorent leur mirador numérique, leur bourreau sans visage… On leur a proposé de leur couper les tendons, pour qu'ils ne marchent plus, et ils se sont réjouis !

Il se penche un peu plus sur la chair crue, presque mauve :

– Imaginez ce qu'ils feraient du monde s'ils avaient les mains libres… la tête dispo, le corps bien là… s'ils avaient le nez en l'air, les yeux ouverts autour d'eux : un monde meilleur, oui ils en feraient un monde plus vivable… Ils connaîtraient les bonheurs du refus ou de l'étonnement… Dans la rue j'ai envie de leur filer des baffes – trop facile, ils sont tous sur leur tel –, pour leur réapprendre… les vertus de l'étonnement…

Il tire un long nerf blanc entre deux doigts, un peu fier :

– Et pour que tous les crétins de Terriens aient leur tel, faut pas oublier qu'on envoie des mômes de cinq ans ramper dans les boyaux des mines de Coltan… On a tellement besoin des composants de ces petites machines de merde… que ça ravage les sous-sols et entretient les guerres dans les pays les plus pauvres… mais ça vaut quand même le coup, hein, pour que des milliards d'humains soient sûrs de devenir plus cons…

Il a un ricanement méchant, resté inachevé, suspendu au-dessus de la viande.

Suzanne, en pressant un citron pour préparer la marinade, fait une incise plutôt brève, pour une fois :

– On se croirait dans *Idiocratie*, ce film mineur mais prophétique – dont je vous en ai tant parlé… Matcher sur catalogue au lieu de regarder la personne devant nous… retourner son GPS dans tous les sens pour trouver la rue qui est sous nos yeux… ne pas comprendre qu'une chose existe si elle n'a pas sa vidéo, sa notice… Torturer son chat jusqu'à ce qu'il tombe de l'escabeau, en espérant faire plus de vues qu'un vrai film… On est devenus débiles, c'est tout… Enfin surtout eux.

Penchée comme chacun sur son plan de travail, Leïla se contente de brandir prudemment la sagesse du temps long :

– Ces débats-là, on ne les a pas déjà eus plein de fois dans l'histoire ?… Avec la télévision déjà…

même au départ avec le livre imprimé ?... Et le mythe du ramollissement des cerveaux quand le cinéma est apparu ?... À chaque fois c'est pareil : tout dépend de l'usage qu'on en fait... rien n'est définitif.

Bob lui répond sans la regarder, en haletant un peu dans son combat contre les nerfs blancs de la chair mauve :

– Mais quand l'usage que la machine te propose, c'est de te réduire la tête... de mettre une story à la place de ta journée, un émoji à la place de tes sentiments, c'est foutu... c'est la vie qui est colonisée, je vois pas comment on reviendrait en arrière.

– Je sais pas trop qui c'est le colonisateur cette fois, mais il arrive à les faire danser les colonisés... les faire bouger comme il veut, rire et pleurer là où il veut... baiser s'il le veut bien... il arrive à les faire penser conforme surtout, à éteindre l'étincelle de résistance... et qu'ils se fliquent gentiment les uns les autres... À côté, les conquistadors du Mexique ou les méchants Français d'Algérie, c'était de la colonisation primitive...

Suzanne déplie son idée du néocolon électronique tout en jonglant avec les casseroles, ouvrant et fermant un placard, versant divers liquides dans le plat à mariner, rangeant ce qui doit l'être, avec une énergie que nous trois n'avons plus. Puis elle s'interrompt d'un coup, l'index pointé en l'air :

– Sauf que c'est une forme de contrôle qui a aussi ses usages rebelles, et que les vieux colons comme nous n'y comprennent plus grand-chose… On vient plaquer nos vieux schémas là-dessus, pas sûr qu'ils marchent…

De mon côté j'ai l'impression, inavouable de suffisance, d'être Darwin en personne entouré de naturalistes amateurs, Darwin qu'on empêcherait de parler et qui serait forcé de les écouter. Le bâillon, ici, ce serait mon couteau, mon oignon mal taillé. Ou alors ma politesse, ma gentillesse mimétique. Car j'en ai, là, soudain, des choses fortes à dire – je les entends sous mon crâne –, sur la machine à faire et défaire les vies, sur la broyade à subjectivités, la centrifugeuse à profils, j'en ai plein, depuis ma planche à découper, des mots forts sur la méchante matcheuse des petites ressemblances, mi-monstre antique mi-robot ménager, qui produit du jus d'homme et le met en bouteilles ; mais quand je mets enfin mon grain de sel je n'ai plus du tout ces mots-là, je fais le prof, ou le perroquet, reprenant ce qui avait été dit sans oser m'imposer :

– Oui, on peut gloser sur les mutations que ça provoque, de nos cerveaux, de nos mains, de nos relations, mais dans l'usage actuel ça reste un instrument pour domestiquer les gens, ça oui… et en même temps, c'est vrai, les contrôler ça peut en inciter certains trouver d'autres usages, clandestins… L'obligation d'être con, une fois détournée, peut produire un supplément d'intelligence… Ça n'est plus mon monde, mais je suis pas sûr qu'on le comprenne en en restant aux sites de rencontre, aux algos idiocratiques et aux guerres du Coltan : on risque de rester à la surface, sans aucune idée de ce que ça leur fait, de ce qui circule vraiment en eux… Y compris d'actif, d'indocile… Qu'est-ce que je raconte ? Ah merde !

J'ai mal au bout du pouce et tente de reprendre mes esprits. Assis comme un paresseux à la table jaune, d'où je prêchais tout en essayant d'émincer, je me rends compte au même instant que mes idées se succèdent trop vite pour faire sens, que ce n'est pas ce que je voulais dire, que je suis en train de couper les oignons en trop gros morceaux – les sourcils froncés de Suzanne m'ont mis sur la voie –, pendant qu'un filet d'eau rouge les parcourt. J'ai dû me couper, comme souvent quand j'essaie de faire deux choses à la fois. C'est ce trop-plein de mots et de gestes, leur embouteillage, qui m'auront interrompu, plus que la douleur. Et la moindre sensibilité de la peau couplée à la fluidité plus grande du sang, double effet de l'âge, auront ensanglanté ma petite tâche. Et maintenant je suis là, inerte, stupide, entre une réplique inachevée, un doigt qui goutte rouge et une planche pleine d'oignons mal coupés. J'attrape mon verre et avale une gorgée de vin, avant de repasser maladroitement ma lame dans tous les sens sur la planche à oignons, pour les couper en plus petit. J'ai perdu le fil de mon exposé, et trouve désolante, comme toujours, ma moindre contribution à l'effort collectif de préparation du dîner. Contrariété infime, intime.

– Merde à la fin ! Vous faites vraiment chier à ranger les plats quand ils sont encore sales, et à les ranger au mauvais endroit... Heureusement que Bibi est là, comme d'habitude.

Le ton est acerbe, tranchant. Depuis que le mouvement social est retombé, et notre enthousiasme avec lui, Suzanne nous reproche de plus en plus vertement des détails domestiques, rejetant ses trois compagnons dans un même collectif d'incapables, comme si elle s'adressait à des enfants. Et la tension peut vite monter : Bob lui demander tout de suite d'arrêter de jouer les marâtres, Leïla la défendre en trouvant que ce fameux partage des tâches n'a jamais été égal, moi rejoindre la polémique en suggérant, avec la logique d'un thérapeute de supermarché, que ranger à l'excès frise toujours la névrose ou que trois casseroles mal lavées sont un prix modique pour la paix entre nous. De quoi liguer le trio contre ma pomme, d'autant que c'est toujours celui qui en fait le moins qui impose ensuite ses sermons exaspérants sur l'inimportance de ces questions. La foire d'empoigne, ces temps-ci, on ne la voit jamais venir. Avant, quand on la sentait imminente, elle retombait, civilement évitée. Mais depuis peu elle nous prend de court, en faisant irruption au moment où on s'y attend le moins. À partir de rien, d'une scénette quotidienne qui tout à coup dérape, l'élan est donné qui fait fourmiller entre nous les agacements, poussant chacun à grossir ses tares, surjouer le rôle qu'a prévu pour lui le casting : Suzanne entre idées noires misanthropes et colères froides sur la vie matérielle ; Bob sûr de son fait, qui estime soudain la limite franchie, alors que ce n'est que la sienne ; Leïla oscillant entre les menus griefs qu'elle expose elle aussi et la distance, horripilante dans le feu de la querelle, d'une bienheureuse qui bénirait des pécheurs ; et moi qui camoufle mal mes manquements derrière mes bavardages et, quoi que j'en dise, agis comme si mon statut m'exemptait du lot commun. Sans que personne ne sache si le statut en question désigne mes incompétences pratiques, ma chambre en surplomb ou ma mission de scribe – la fonction que je m'arroge, mais qui n'émeut plus mes trois chers, de mémorialiste officiel de Finale Fantaisie.

Suzanne se fait cassante. Bob impatient, puis intolérant. Leïla, indifférente. Et moi, selon la configuration, égoïste en plein déni ou sophiste en plein boniment. Et ça démarre vite. Ça monte dans les aigus, ça fuse dans tous les sens, pour un temps plus ou moins bref, parce qu'on n'a plus la force des gueulantes d'hier – nous laissant stupéfaits, encore un peu fumasses, comme une escarmouche éphémère déchire le silence mais résonne longtemps dans le canyon où elle vient d'exploser. Nos répliques dans ces cas-là ont été mille fois échangées, affûtées, nos énervements mille fois suscités puis contenus, ravalés : maintenant c'est ce retour du même, trop connu, qui nous irrite autant qu'il nous épuise. On déborde vite, du coup, du côté de la mauvaise foi ou du fatalisme grognon – à quoi bon, pense-t-on sans le dire, et parfois en le disant, à quoi bon rejouer mille fois la scène dont on connaît le dénouement, dont la montée en gamme agace à chaque fois chez nous les mêmes nerfs. On gueule, et on gueule qu'il est inutile de gueuler – de nos voix rauques, qui n'ont plus la force du cri. Il faut dire que presque vingt ans, c'est long, vingt ans à se friter, s'aiguillonner, se réconcilier, s'insupporter.

Au début, quand on était de fringants septuagénaires, ça bardait déjà, ça s'envenimait si on n'y prenait gare. Mais depuis quelques mois ça va plus loin, je trouve, ça ne ressemble plus du tout à des anicroches de vieux colocs. Tout ça a peut-être été très graduel, évolutif, comme une ligne souterraine, parallèle à celle de la douceur et de la mélancolie ; mais ça ne me saute aux yeux qu'aujourd'hui. Ça s'impose à moi comme une évidence. Oui, cette fois on débloque, et ça me fout les jetons, comme si on n'avait plus aucun scrupule à lâcher prise. On dirait une sorte de syndrome de la Tourette du temps échu : à force de s'être côtoyés si longtemps, d'avoir perdu ensemble nos ultimes inhibitions, des choses sortent de nous, injures ou impudeurs, que nous ne contrôlons plus, une certaine folie de la vieillesse, une folie qu'un surmoi tenace avait contenue jusqu'alors et qu'une vie solitaire ou simplement conjugale aurait peut-être retardée, ou assourdie. Chacun d'entre nous désormais peut péter une durite, comme dit Bob, et sans sommation. Pour se piquer au vif, se pousser à bout, ou juste sans raison. On a parfois l'impression que si l'amour ni la fatigue ne suffisent à nous calmer, à nous raisonner, la belle unité de Finale Fantaisie pourrait bien s'y briser, la maison de retraite en abbaye de Thélème y faire long feu. Et nos démences à chacun, ouvertement déployées, la révéler enfin pour ce qu'elle est, ce qu'elle a peut-être toujours été : utopie gentillette incapable de survivre aux démons du grand âge.

L'amour des mourants

Leïla, privilège de doyenne, a été la première à débloquer. Mais discrètement, calmement, comme elle est. Et de diverses façons, dans plusieurs directions ; on aurait dit qu'elle essayait des voies d'accès à quelque chose sans vouloir vraiment l'atteindre. Il y a eu d'abord une avarice dont elle n'avait jamais été coutumière, une avarice moins pour économiser son modeste pécule que par entêtement arithmétique. Elle s'est mise à compter et recompter les dépenses. À vérifier nos tickets de caisse si elle n'était pas sortie elle-même. À nous tancer pour telle dépense « inutile » ou tel montant « inexplicable ». À collectionner et trier les coupons de réduction. À sortir à tout bout de champ la petite Terraillon de cuisine pour peser et vérifier nos rations quotidiennes, celles qu'elle a instaurées un beau jour, jusqu'au pain ou aux légumes. À comparer à ses heures perdues les prix des courses en ligne, les promotions dans les supérettes du quartier. À glaner dans tout l'appartement les pièces d'un, deux et cinq centimes qu'elle comptait et recomptait elles aussi. Et ça s'est gâté avec nous quand elle a commencé à nous soupçonner de lui avoir piqué certaines de ces pièces, bientôt de se servir dans son porte-monnaie et, toujours de la même voix paisible, d'avoir choisi les produits les plus chers pour la faire enrager, et pour nous ruiner tous. Parallèlement, et de façon plus systématique quand son avarice a semblé régresser, elle a développé la curieuse manie de dissimuler tout et n'importe quoi. Une manie aussi ésotérique que sa foi. Elle peut cacher des objets ou des faits assez anodins pour qu'aucun intérêt ne l'y pousse, et pour que le mystère ne nous en soucie pas plus que ça – sauf une fois qu'on avait repéré son petit jeu. Râpe à fromage, passage du dératiseur, parapluie, message d'un médecin, salade fraîchement achetée, déménagement au troisième étage, plateau du scrabble – elle cache en alternance informations ponctuelles et objets oubliables, celles-là en les notant sur un carnet spécial, je l'ai retrouvé une fois sous son matelas en fouillant sa chambre, ceux-ci en les accumulant au fond de son armoire scandinave, entre ses sous-vêtements qu'on s'en voudrait d'aller explorer. Certaines de ces disparitions, dont elle nie si sincèrement être la cause, peuvent nous faire exploser de rage, puis nous plonger dans l'embarras.

– Mais où est-ce que ce putain de tire-bouchon a encore disparu ? Bob hurle dans le vide, un seul instant, avant de comprendre, et de se ressaisir.

Et depuis peu, elle met aussi une énergie remarquable au service d'une étrange idée fixe, qu'elle avait déjà autrefois mais de façon plus vénielle, et plus occasionnelle : la recherche des causes de mort subite en pleine action chez le croyant et chez le sportif. Cet intérêt chez elle a toujours beaucoup inquiété Bob, qui lui reprochait « d'aimer la mort », mais il touche cette fois à l'obsession, l'incitant à amasser dans son coin mille infos techniques et médicales : dessins colorés qu'elle improvise à même le mur de sa chambre pour détailler l'arrêt cardiaque du décathlonien ou la trajectoire du service au tennis les rares fois où il est venu frapper la tempe du ramasseur de balles attendant au bout du filet, lectures minutieuses qu'elle fait pour comprendre le processus de dépérissement fatal chez certains mystiques ascètes, liste qu'elle tient à jour des zones du corps en danger mortel dans les sports de contact, l'article 122.5 du Code pénal aussi, qu'elle a recopié à la main la semaine dernière et encadré à côté de sa fenêtre, sur les atteintes corporelles en cas de légitime défense, ou encore ces schémas plus inquiétants qu'elle griffonne l'après-midi, sur une page après l'autre de ses cahiers, représentant l'explosion du corps à partir du torse à l'instant où un kamikaze fait sauter sa ceinture d'explosifs – ici, Bob n'est pas le seul à la sermonner. À chaque fois, objets planqués ou marottes morbides, le dérapage pourtant est trop bénin, ou l'obsession trop personnelle, et la douceur de Leïla tellement intacte, sa présence si juste parmi nous, pour qu'on lui en tienne vraiment rigueur. Sauf en de rares pics d'irritation où on perd tout contrôle, où on l'engueule sans s'arrêter puis, derrière son dos, tient un rapide conciliabule pour essayer d'expliquer tous les trois sa curieuse attitude.

Bob, lui, s'est mis à s'imposer, de diverses façons, sans qu'il s'en rende compte. Là aussi, la chose est ancienne, mais elle s'est aggravée récemment, ou alors on la supporte moins. Il s'est mis, assez vite, à prendre de plus en plus de place dans l'espace, à faire de plus en plus de bruit, à exposer de plus en plus ses furies contre le monde et à se comporter de plus en plus en chef sur différentes questions, de santé ou de bricolage mais pas seulement. Sans qu'aucun d'entre nous ne puisse dire si tout ce plus-là procède de ses particularités personnelles, format d'ogre et outrances généreuses, vouées à se faire plus encombrantes avec le temps, ou d'une réaction contagieuse à nos déclins récents à chacun. Bob reste l'ami aimant, tactile, ostensiblement à l'écoute, l'ami engagé dont les colères magnifiques et les aptitudes précieuses, pour la maison et nos santés, nous maintiennent debout dans un monde qui n'est plus le nôtre. Mais quand même : sa truculence semble évoluer vers l'exorbitance pure et simple, sa générosité vers l'indiscrétion, sa présence énorme vers l'encombrement de Finale Fantaisie et, au plus près de sa longue vie politique, sa vigilance critique aux aguets vers le ressassement de ritournelles subversives de plus en plus déconnectées de ce qu'il se passe dehors, qu'il ne comprend plus – on était souvent consternés par ses diatribes pendant le mouvement du mois dernier –, ou même de ce qu'il nous arrive à nous. Il débarque sous la cathédrale et s'assied les jambes écartées sur le canapé, les bras étalés sur le dossier, nous obligeant à nous caler à trois sur le canapé voisin. Son rire ébouriffant, un peu surjoué, ses coups de marteau parfois peu judicieux et les solos d'opéra italien ou de rock métal qu'il écoute à plein volume depuis sa chambre franchissent tous nos tympans affaiblis, réveillant l'ouïe et parfois les nerfs de celles et ceux qui passent dans ses parages. Pour peu que Suzanne nous suggère la pommade massante ou la diète de viande au lieu du médicament, pour peu que Leïla fatalise l'injustice sur Terre au nom d'un ordre supérieur, pour peu que je moque quant à moi, un peu cruellement, tout ce qui ne sait pas s'effacer, céder la place, il nous rabroue de plus en plus crûment : sa tendresse rugueuse dérape en coups de colère postillonnants où il nous traite de cons et nous agonit de reproches. On en discute ensuite à voix basse, tous les trois à la cuisine, comme des dominés complotent contre leur oppresseur – alors qu'il n'est pas celui-ci, et nous encore moins ceux-là. Surtout, sa guerre des premières années contre les numéristes, les réseauphores, les vers d'écran ou les bouffeurs de pixels, selon les noms variés qu'il leur donne, vire maintenant à la monomanie. Il avait remplacé, il y a longtemps, sa lutte initiale pour la justice sociale, abandonnée quand il avait décidé que le désir collectif ne pouvait que mal tourner, par une lutte tardive contre la bêtise contemporaine, toute la bêtise du monde qu'il réduisait aux « petites machines » – le raccourci était déjà contestable. Mais il va nettement plus loin maintenant, et n'a pas attendu le bug du guichet public virtuel, il y a quelques semaines, pour que sa guerre aux machines déborde sur tout le reste. L'année dernière il a exigé qu'on résilie la connexion internet de Finale Fantaisie, au prétexte que l'intelligence serait toujours électrosensible, nous forçant à emprunter le réseau des voisins, sans lui dire. Scandalisé par le prix de son forfait de téléphone mobile, il a déchiré très théâtralement son contrat avec son propre opérateur lors d'une scène mémorable, il y a déjà deux ans, où il interpellait clients et conseillers dans la boutique bondée avec des mots qu'il nous a répétés ensuite, et qui restent, gravés en nous, l'hymne endiablé de Bob : « On est tous dans cette situation de merde, et avec toutes vos offres de merde vous ne pouvez rien faire pour qu'on ne paie pas ces prix de merde, et vous tenez tellement à votre boulot de merde dans cette boîte de merde que vous ne dites rien, bien sûr, avec toutes ces caméras de merde qui espionnent vos journées de merde… »

Il fait aussi la leçon à nos enfants et petits-enfants, lors des banquets mensuels, en des termes qu'on trouve un peu déplacés. Il a commencé, ces derniers temps, à aborder les gens dans le métro, les ados à la sortie du lycée, les chômeurs faisant la queue devant l'agence de travail temporaire, insultant leur écran et leur manie d'y rester collés, au risque que l'un d'eux, comme c'est arrivé une fois, ne s'en prenne physiquement au vieil homme. À deux reprises mais à chaque fois en notre présence – comme pour nous enseigner sur le terrain ses petits actes de guerre –, il a été même, au début de l'année, jusqu'à attraper au vol un téléphone et le jeter dans la Seine avant que son propriétaire n'ait pu l'en empêcher. Sur le pont Sully et sur la passerelle Simone-de-Beauvoir : j'ai noté les deux lieux du crime, sidéré par son geste et bien en peine de l'expliquer à l'usager furibard qui nous avait injuriés. Et sa dernière incartade consiste effectivement – il en parle, mais ne dit pas qu'il le fait – à sortir marcher sur un trottoir très passant, y viser les piétons les plus collés à leur téléphone et aller les heurter, frontalement, brutalement, geignant alors comme un vieillard battu que ces jeunes accros irresponsables sont capables de renverser en pleine rue tant leur communication du moment compte davantage pour eux que la vie sur Terre. Il se remet lentement, accepte leurs excuses, les fusille du regard et leur administre son plaidoyer. Pour avoir été témoin, une ou deux fois chacun, de ces scènes parfaitement jouées, on a préféré ces dernières semaines ne plus jamais sortir avec lui.

Suzanne, de son côté, avait commencé par creuser les sillons de ses plus anciennes peurs, de ses plus vieilles lubies, folie antérieure à celle des autres, et moins inédite, dans la mesure où elle a peut-être toujours été un peu plus folle que nous. Elle s'était mise il y a quelques années déjà à parler à voix haute, en continu, à tout ce qu'elle sentait plus à l'écoute, plus vivant que les humains robotisés qui peuplent la ville morte : sa machine à coudre, ses herbes rares, les insectes de la terrasse, les plantes grimpantes du salon, les étranges dessins sur ses murs, les oxalis pourpres jaillissant partout dont les tiges chaque matin prennent une direction différente, ses filles bien sûr, plus ou moins télépathiquement, les fantômes mythiques ou amoureux de sa vie passée et, au-delà, tous les êtres cosmiques ou microscopiques que lui fait voir son incompréhensible cheminement intérieur. Le visage plongeant, le regard perdu sur les lattes du plancher, elle leur parle à tous en phrases déliées, en mots nets, moins d'elle ou d'eux-mêmes que de forces souterraines, de concepts opaques, de vies incertaines. Mais depuis quelque temps, sans qu'on sache vraiment quand c'est apparu, c'est son vieillissement qui s'est mis à l'obséder. Ce corps âgé dont elle avait toujours dénoncé, avec tant de hargne, la phobie trop répandue, la peur honteuse dans ce monde jeunolâtre, et dont la beauté sereine l'émouvait tant chez Leïla ou certains de nos amis, elle a du mal maintenant à l'accepter pour elle, à bien vouloir le devenir – étrange virage, si tardif, alors qu'elle avait résisté à cette crainte tellement longtemps qu'on l'en pensait indemne pour toujours. L'image qu'elle nous décrit le plus souvent, ces derniers mois, est celle du vide surgi entre la peau et les os, à la place de la chair ou en elle, le vide dans le corps en cheval de Troie de la mort : elle secoue en vain la peau flasque de son bras levé, dépeint en mots choisis l'espace décharné qu'elle sent s'étendre entre ses organes, pleure doucement mais interminablement les muscles fondus de ses cuisses ou la pendaison flapie de ses mollets.

Et je trouve que depuis quelques semaines – alors qu'elle reste plus solide et plus active que nous, et toujours la plus jeune –, tout s'est accéléré, sa peur comme les décisions qu'elle en tire, assez logiquement. J'ai l'impression qu'en si peu de temps, elle s'est jetée dans la vieillesse la tête la première. Qu'elle en a devancé les étapes, sans doute pour arrêter d'en subir les avancées imprévues. Elle écoute son corps et en exagère les messages, en traduit les murmures en cris outrés. C'est sa tactique à elle, désormais, pour refouler en la dramatisant son angoisse de la disparition : ce qui meurt, il vaut mieux le tuer avant l'heure. De même qu'elle nous expliquait, jadis, que celui qui va échapper à la vue en tournant au coin de la rue, il est moins douloureux de le congédier par avance, pour ne pas avoir à le regarder s'éloigner. Cette fois, une perte infime de son audition, qu'elle seule note, suffit pour qu'elle se déclare sourde, et prétende ne plus rien entendre de ce qu'on lui dit. Une souffrance nouvelle dans les jambes suffit pour qu'elle envisage en détail, et simule parfois à la perfection, la paralysie de tout le bas de son corps. Et une constipation passagère, qui annonce pour elle la fin de tout, le corps englué et l'occlusion intestinale, suffit pour qu'elle opte immédiatement pour trois jours de jeûne ou le refus de sortir. Et pendant ce temps, ses soliloques constants avec les plantes ou les objets et ses rages ménagères contre nous sont allés s'aggravant. On dirait que les limites qu'elle pointe chez chacun de nous, qu'elle grossit dans une furie destructrice, lui fournissent la preuve de la petitesse définitive de l'humain en même temps que de l'inanité de cette vie collective. Tout, cette fois, vient alimenter ses réquisitoires, nourrir les procès qu'elle fait sans pouvoir s'arrêter, à nous trois ou plus vaguement à l'humaine et si décevante espèce. Ses tirades enflammées, elle les prononce d'une voix douce, un peu triste, mais elles ne laissent aucune excuse, aucune circonstance atténuante à celui qui a lancé une machine sans prélever le linge sale des trois autres, à celle qui n'a pas retenu l'aveu mineur mais capital qu'elle lui a fait, ou à tous ceux, loin de nous, qui préfèrent vivre bêtement ou juste sans beauté. La mort qui nous attend tous sera bien méritée.

Quant à moi, je suis arrivé au bout de ce que j'ai toujours été, à la proue de ma vie, fendant le néant qui s'approche comme une pointe fend le brouillard : je sens l'invisible continuer de me dévaster, achever sa conquête de mon être – le mensonge, inextricable, la perte de toute vérité, et la peur, ravalée, qui me précède en tout. Mais je suis aussi très chiant à vivre. J'ai des travers plus visibles, bien connus, et la chance, un peu humiliante parfois, de me les voir reprocher plus ouvertement que les autres. On me sermonne dès que mes défauts d'origine se font plus nets, plus embarrassants. Si chacun devient, avec l'âge, la caricature de soi-même, peut-être qu'on blâme cette caricature chez moi plus que chez les autres – c'est l'impression que j'ai, en tout cas –, parce que je me soumets plus volontiers au reproche. N'ayant jamais quitté la posture de l'enfant pris en défaut, je suis le premier d'accord avec les reproches qu'on m'adresse. Ce qui n'a toujours fait qu'entretenir mes tares, m'empêcher de les réformer. Pour autant, je sens que de mon côté aussi la pente du déclin s'est faite plus raide, ces derniers temps. J'arrive sans m'en rendre compte, je l'ai dit, à échapper à la plupart des tâches domestiques. Je demande aux autres maints petits services, les fais escalader mon escalier pour arranger un détail à mon étage, ou lire mes brouillons sans écouter en retour leurs confessions. On retrouve au fond de ma chambre tout ce que j'ai emprunté et juré avoir rendu. Je veux toujours savoir ce qui se dit en mon absence, se chuchote à la cuisine ou au salon. Mes petits problèmes d'hygiène, limités pendant des décennies par l'exigence des femmes avec lesquelles j'avais vécu, puis par les règles communautaires de Finale Fantaisie, se donnent libre cours, aggravés par la vue en baisse et la moindre maîtrise de soi : slips et chaussettes sales jonchant le sol parfois jusque sous la cathédrale, taies et draps tachés de bave ou du sang de plaies bénignes mais que je mets rarement à laver, la lunette ou le lino des toilettes aspergés de pisse, la barbe anarchique et les derniers cheveux hirsutes, les cols de chemise souillés – et même, après des décennies à me retenir, les pets que je n'hésite plus à lâcher en compagnie. De tous ces détails sordides, auxquels mon indifférence nouvelle est quand même un peu suspecte, Leïla n'a que faire, Bob me prévient parfois, au nom d'une mâle complicité, et Suzanne, fidèle à elle-même, fait une critique œdipienne, les pointant cruellement comme autant d'ultimes soubresauts, pathétiques, du « bébé trop fier de montrer son caca à sa maman ». À chaque fois qu'elle le suggère, j'en reste un peu secoué. Sur le coup, je ne vois pas le rapport.

Mais j'agace plus encore mes trois cocolocos par les propos que je tiens dorénavant, si proches de ce que disait ma mère, comme me le rappelle Leïla – qui se souvient très bien d'elle. Finis la politesse de caméléon, le surmoi bien-pensant : je revendique mon désintérêt pour presque tout – sauf la mort, la guerre, et les quelques lubies de mon siècle révolu. Réseaux et écrans ne sont peut-être pas mes ennemis, comme pour Bob, mais eux et tout ce qui relève du monde déshumanisé d'aujourd'hui, du monde d'après moi, ne méritent que mon mépris et mon indifférence. C'est ce que je répète jour après jour, dans ces pages et à mes très chers, dès que mes inhibitions tombent, dès qu'elles déshabillent mon amertume, glorieuse, injustifiable : je n'en ai rien à branler, voilà tout, des nouvelles applis, des rumeurs en réseau, des échanges de vidéos, des engagements associatifs, de la mer de plastique qui s'étend au milieu de l'océan, des mille galères des jeunes, chômage structurel ou maladies vénériennes. Et si leurs luttes me préoccupent un peu, parfois, c'est uniquement dans la mesure où mes vieux schémas, léninistes ou anarchistes, et l'histoire séculaire de leur clivage (qui est mon histoire), pourraient encore s'y appliquer, les éclairer peut-être – mais jamais au titre de ce que ces luttes ont de neuf, que je refuse de voir et conchie d'un geste, « puisque je n'en serai pas, qu'elles aboutiront après moi ». C'est pareil pour l'alarmisme écologiste, le harcèlement au bureau, le racisme postcolonial ou l'oppression des femmes à l'heure des sites de rencontre optimisés : à rebours de tout ce que j'ai pu en dire, parfois en écrire, pendant des décennies, la main sur le cœur, je me laisse aller depuis peu, par jeu parfois, plus souvent sincèrement, tristement, à en marteler l'ineptie, en moquer le ridicule comparés à mon siècle à moi, mon siècle de révolutions, de génocides et de *-ismes* enflammés. Un monde où guérir tient lieu d'utopie, où des déhanchements sur dix secondes de vidéo tiennent lieu de lien social, où le slip du télétravailleur lui tient lieu de bleu d'usine, un monde où les musées qui se déguisent en boîtes de nuit tiennent lieu de folie nocturne et où l'accueil formaté dans une location de vacances par son propriétaire cupide tient lieu de découverte de l'autre – ce monde me navre, m'exaspère : je m'en balec, comme ils le disent eux-mêmes à longueur de journée, et je ne serais pas si mécontent de le quitter, aucun regret, vraiment, si une bête envie de vivre, vidée de tout contenu, ne collait encore à ma vieille peau. Ma vie entière passée à me montrer curieux de tout n'y changera rien : ce monde sans monde n'est plus le mien, il m'en touche une sans faire bouger l'autre – alors surtout, qu'on ne me demande pas de m'y intéresser.

« Rien à foutre », conclus-je à tout bout de champ, à voix haute, de façon aussi embarrassante pour les autres que s'ils avaient aperçu un vieil aristo collet monté faire l'exhibitionniste à la sortie d'une école maternelle. « Tellement rien à foutre, mais je vous aime quand même » : mes rages contre les jeunes, mon mépris de l'avenir, les injures contre mes survivants, je ne les épargne plus comme hier à mes trois compagnons ; je les leur crache volontiers, et les profère aussi bien en public. Pour me soulager. Et qu'ils comprennent tous. J'ai passé ma vie entière à dénoncer l'injustice, soucieux de ne pas froisser ma bonne conscience, pour finir par trouver que d'injustice en vérité il n'y en a qu'une, celle de devoir partir avant, avant eux tous – et que les autres injustices, les moindres, je n'en ai plus rien à carrer. Ils me font bien marrer les révoltés des temps nouveaux, comme de tous les âges d'ailleurs, avec leur petit combat, tout relatif, tout situé. Ma mort prochaine, elle, beaucoup plus certaine, accapare entièrement mon sens de la révolte ; elle occupe toute mon énergie rebelle, toute mon indignation, n'en laissant aucune miette pour leurs petites affaires.

Et je ne trouve pas non plus la force de singer un intérêt pour l'absolu, un respect pour ces puissances de l'esprit que mes trois colocataires, eux, brandissent volontiers. Évidemment qu'elles sont belles, ces étoiles qu'on arrive enfin à voir – disais-je à Leïla depuis notre terrasse, un soir de l'été dernier où une moindre pollution lumineuse, ou la panne des lampadaires de la cité d'en face, nous en offrait le spectacle, miraculeux –, mais l'infini me laisse froid, tu sais, et même il m'insupporte, en fait. Il me nargue, ce con, lui soufflais-je sous les étoiles, il me renvoie au fini, au petitement fini qui nous cerne, qui va nous emporter, dans si peu de temps. J'insistais : l'infini et les autres, c'est pareil – quand on va rendre les armes, ça n'existe pas. Il n'y a que moi, il n'y a que mon vieil être tremblant qui existe : moi, d'être aussi injustement condamné, tu sais ce que ça me fait ? Ça fait que je n'ai d'yeux que pour moi – je n'ai Dieu que pour moi, tu vois ce que je veux dire. Leïla me souriait, un peu lassée. Elle avait eu beau rétorquer avec les plus patients, les plus nobles des arguments, sur les étoiles de l'âme ou l'infini du fini, je m'en contrefichais, la regardant comme une folle qui nierait l'évidence, qui croirait s'adresser à un vivant tout rose alors qu'elle parlait à un cadavre décomposé dont les orbites oculaires, vidées, laissent déjà passer d'énormes vers gluants. Peut-être parce qu'elle en a vu d'autres.

Mais il n'y a pas que moi qui ai cessé de faire semblant ; c'est peut-être plus spectaculaire dans mon cas, tant j'avais toujours été plus chafouin, plus civil. La douce Leïla, Bob l'affectueux, la si vivante Suzanne et même moi, donc, d'ordinaire tellement sociable – on est devenus soupe au lait, capables de se taire ostensiblement pendant des journées entières ou de répondre à une sollicitation du groupe par un refus cassant, un non catégorique auquel aucune forme n'a été mise. « Ce que tu me racontes me fait chier, te fatigue pas », peut-on lancer à celui ou celle qui commence un récit ou une annonce un peu laborieusement. « Vous savez quoi ? Je m'en branle », glisse-t-on parfois, sauf peut-être Leïla, interrompant la conversation lors du banquet familial ou des dîners de vieux copains dont les convives, à chaque fois, restent bouche bée. Déjà que ces dîners se sont faits rares, ils vont devenir dissuasifs. Ces incises-là ne relèvent pas encore de l'incontinence mentale décrite par ces salauds de gériatres, car on les distribue comme des friandises, qu'on offre aux trois autres d'un clin d'œil complice ou dont on se régale intérieurement. Elles sont plus brèves et moins prévisibles encore que nos délires plus personnels, mais l'ennui d'un seul instant ou la poursuite d'un fil intérieur peuvent nous les inspirer, d'un coup. On sait que notre temps est compté, surtout ; on sait à chaque instant qu'on n'a plus le temps, plus le temps d'écouter un propos dont on se contrefout, plus le temps de simuler l'attention, de se retenir de dire ce qui nous passe par la tête. Ce qui nous emmerde ne nous sera pas imposé. Et si ce qu'on raconte vous emmerde, on se passera très bien de vous. Merde alors.

Tout ça fait beaucoup. Beaucoup de répliques pète-sec, beaucoup d'animosité, d'exaspérations entre nous et envers le reste du monde. Beaucoup de raisons, surtout, de voir évoluer notre petit phalanstère sous un jour moins flatteur, vers un remugle de rancœurs et de bouderies sans fin. Mais il y a une différence essentielle entre cette évolution récente de Finale Fantaisie et les groupes qui se déchirent, les couples qui ne se supportent plus : l'indifférence. Nous, on s'en fout. À nos déclins ou à nos dérapages à chacun, les trois autres ne réagissent presque plus, les pardonnant par avance puisqu'il n'y a plus d'enjeu; ils y opposent une indulgence détachée, un mélange d'habitude et de désintérêt, parfois un reste de complicité quand il y a des tiers, comme aux derniers dîners où l'on reçoit. Rien de plus entre nous qu'une vague tolérance, un peu anémiée, insensible : pas grave, on s'en fiche, on peut bien péter un câble, tellement plus rien ne compte, plus rien ne nous touche vraiment. Pour qu'une telle indifférence cède le pas à un souci véritable, celui du coloc éternel ou de son propre petit être, il en faudrait beaucoup, il faudrait l'attaque soudaine, le suicide ou la mort, et encore – rien pour l'heure n'y a suffi, ni les alertes cancéreuses, ni les impudeurs inédites, ni les méchancetés gratuites, ni leur défilé à toutes, incessant. Rien ne nous attache plus.

Je me dis quelquefois, quand la présence de mes compagnons arrive à réveiller en moi un reste de tendresse, que ce détachement-là est peut-être de l'amour. Une forme inouïe de l'amour : un amour indifférent. C'est ça, un amour fait d'indifférence.

Cet amour est dans l'après : il a survécu à l'amour vivant, l'amour qui avait un objet ; il est demeuré après les agacements et tous les attachements, quand les désirs se sont tus et les attentes évaporées ; il a succédé aux guerres de clan et à toutes les illusions – l'illusion qu'on a caressée d'être plus forts à quatre ou plus malins que les autres. À même nos corps délaissés, nos solitudes butées, on a atteint la limite – la limite de nos vies, la limite aussi de ce lien qui nous lie les uns aux autres. Et sur cette limite, on touche peut-être à l'amour. Le mot amour est ridicule, tellement galvaudé, mais pour cet âge où on a tout épuisé, nos forces et le langage, je n'en ai pas trouvé d'autre. Un amour détaché, vide, essentiel en un sens. En se rapprochant de l'échéance, en devinant qu'on allait mourir ensemble, se voir mourir, l'un après l'autre, être témoin de ça, en comprenant qu'on avait fait ce choix-là, tellement moins raisonnable que celui du mariage ou de la maison de retraite, on en a tiré les uns pour les autres une force d'amour inconnue. La même force, j'aime à penser parfois, que celle qui unit – même et surtout quand ils n'ont rien à voir, n'auraient jamais dû se rencontrer – les compagnons de déportation qui se trouvent là ensemble et pensent qu'ils vont y passer ensemble. Un amour élémentaire, indifférent, qui est le simple partage de sa condition là où elle est la plus impérative, et qui n'a rien à voir avec le plaisir ou la passion, l'affection ou la connivence, ces choses moins essentielles qu'on trouve en famille, en couple, en amitié ou au détour d'une nuit torride. L'amour des mourants n'est pas l'amour des mortels ; c'est un amour tourné vers la fin, un amour au crépuscule. Qu'on le veuille ou non, qu'on s'aime alors encore ou non, on sait qu'on se tendra la main ce jour-là, en vain, sans pouvoir la tenir, la retenir, la vieille main, puisque dans l'enfer des camps comme dans le purgatoire tranquille de Finale Fantaisie on est seul à la fin.

Nos vies entières, longues et uniques, dont à la fin tout sera perdu, en un instant : s'accompagner sur ce plateau-là, aride et dépeuplé, avancer ensemble à pas si lents dans le vent froid de cette fin-là, de cette perte de tout, imminente, nous a insufflé les uns pour les autres beaucoup d'amour. Un amour qui ne peut rien contre la solitude irréfragable de la fin, qui y trouve même sa lisière, ou son terme, et toute sa vérité. Mais un amour à côté duquel nos démences séniles et nos colères réciproques ne sont finalement pas grand-chose. C'est pour ça qu'on s'en fout.

Ça lance

Et puis il y a les semaines où tout va mal. Très mal. Les semaines où la coïncidence des malédictions est telle qu'on croit être tombés en disgrâce – et qu'un monde, d'un bloc, est en train de s'effondrer. Sur nous quatre, en même temps. Car il n'y a pas de coïncidences, mais une convergence du pire, objective, qui semble répondre à une sorte de nécessité supérieure. Attention, pas de transcendance pour autant ni, à l'inverse, de gentille psychologie, tendance mimétique : entre de telles détresses, quand elles s'agrègent ensemble, le lien ne relève ni de la magie noire ni de l'imitation, il nous demeure obscur, et largement extérieur. Mais quand on est pris dedans on ne peut qu'en constater la force d'entraînement, effarante. De ce genre de semaines où tout va très mal, comme par engrenage, on a vécu le mois dernier l'une des pires, huit jours d'enfer ; on a été à deux doigts, cette fois-ci, de ne pas y survivre. Je pèse l'ineptie de ces mots, mais là, je n'en ai plus aucun autre.

Car l'écrire est tellement superflu. On dirait une rencontre avec le Très-Haut dont on n'aurait rapporté qu'un malheureux selfie, avec personne d'autre que soi sur la photo. L'écrire n'est pas possible, ou tellement ridicule. Et de fait, de la semaine dantesque que nous avons passée tous les quatre, l'écriture du mémorialiste à la chandelle – interrompue alors, par la force des choses – ne pourra jamais raconter le cauchemar ni, après lui, quoi que ce soit d'autre. On a failli y passer, pour de vrai, et les phrases pour le dire ne pourront plus jamais faire vrai ; il faudra que je trouve autre chose. Oui, maintenant c'est écrire qui est pathétique, ce truc d'oisifs en bonne santé qui rêvent d'être lus comme d'autres rêvent d'être embrassés. *Lucky them !* Il faut dire qu'au bord de la tombe comme de la vraie folie, leur moment enfin arrivé, un tendre baiser aussi bien qu'une fiction divertissante ne font pas le poids. L'amour et les phrases, ça ne marche pas quand il faudrait raconter quelque chose comme ce qui vient de nous arriver. On a tant morflé que mes mots se sont tus, qu'ils se sont calfeutrés pendant l'ouragan. Et ce n'est qu'hier, par hasard, que j'ai retrouvé derrière mon lit quelques notes jetées cette semaine-là sur des haillons de cahier, si laconiques mes notes, si mal écrites, à peine lisibles, comme électrocutées, que je voudrais, au lieu de les sublimer, au lieu de peindre à partir d'elles un joli drame, quatre jolis drames, je voudrais être fidèle aux terribles circonstances qui m'ont vu les écrire, au brasier auquel elles ont réchappé. Et à mes charbons ardents à moi, en premier lieu – le récit qui suit de nos quatre désastres leur fera la part belle : à tout seigneur tout honneur, surtout au crépuscule.

C'est Bob pourtant qui a commencé, une fois n'est pas coutume. Il a ouvert le bal, notre géant, et fini par en fournir le refrain, le jingle entêtant, exaspérant aussi. Au début du moins, avant que ça se gâte ; après on ne le remarquait même plus. Bob simplement s'est mis à pleurer, c'est tout, mais sans cesse, ni raison apparente. Il s'arrêtait soudain dans sa lente traversée de l'appartement, ou la cuiller en suspension au-dessus de ses céréales, car tout a commencé pendant le petit déjeuner, un mercredi matin. Il s'arrêtait pour laisser passer, irrépressibles, une série de soubresauts larmoyants dont il disait, de ses yeux désolés, l'énigme envahissante, la souffrance débordante. Sa pupille noire luisait, navrée de ne pouvoir les empêcher. Lui qui avait toujours préféré la colère à l'éplorement, l'émotion politique au sentimentalisme, et réservé ses rares larmes – car il pouvait en avoir, des larmes, grand sensible fort de toutes ses faiblesses – au souvenir de ses amours, le souvenir fleur bleue et très intermittent de ses émois passés, se réveillait cette fois plein de toutes les larmes du monde : des larmes pour le monde qui s'en va, des larmes pour la mort qui vient, des larmes pour les solitudes qu'on croise, des larmes sans motif précis surtout, mais qu'il lui fallait déverser sans attendre, plusieurs fois par heure, sous peine d'étouffer sous la tristesse du monde. Les premières fois il a balbutié qu'il ne savait pas ce qui lui arrivait, incrédule. Puis les jours suivants il a ouvert les vannes sans aucun commentaire, de plus en plus souvent. L'attaque était si rude, si peu prévisible, qu'elle muait sur place son grand corps en une flaque de larmes, chiffe molle qui ne tenait plus debout, inapte au maintien vertical : il s'écroulait au plus près du lieu où le désespoir l'avait foudroyé, sur le rebord de la baignoire ou sur le canapé du salon, sur l'un des hauts tabourets de bar et même, à deux reprises, au sol, sur lui-même, recroquevillé sur le plancher en gros point d'interrogation tremblant, comme si, depuis l'océan de ses pleurs, la terre ferme lui avait semblé hors d'atteinte. Je le vois encore verser ses larmes sur les chevrons de chêne noueux, directement. Se moucher contre le bois lustré. Sa mémoire, ses fièvres d'hier, ses ennemis et toutes ses belles idées, les jeunes imbéciles à écrans et son dévouement à tous les malades du monde – plus rien de lui ne l'intéressait encore, n'arrivait à l'ancrer, à contenir le raz de marée. Dont il ne disait rien, encore une fois, transportant pesamment son silence ici et là en forme d'excuse sincère pour cet effondrement que rien n'avait prédit. Le premier jour il a juste murmuré, quand on l'a approché, qu'il n'allait pas se tuer, qu'il connaissait trop bien les ratés du suicide, en médecin qui en a repêché souvent des mal tués, et les douleurs des survivants si on devait l'être, pour s'autoriser à mettre fin à ses jours. Sans même finir sa phrase : l'ellipse ici recouvrait une telle évidence qu'elle n'avait pas besoin de phrase – lorsqu'on a mal à ce point, on ne tergiverse pas, on saute. Les pleurs de Bob, auxquels bientôt on n'a plus fait attention, quand ils auraient eu pourtant, avec nous, de vraies raisons de couler, les pleurs de Bob ont scandé toute la semaine; ils l'ont accompagnée comme sa plus douce rengaine.

Mais les pleurs sont encore un son, une forme d'expression. Le silence de Suzanne cette même semaine a été, lui, ce qu'une présence humaine peut produire de plus semblable à la disparition, pure et simple. Une présence, mais déjà disparue. Suzanne a une façon de garder le silence, de se faufiler sans bruit, se dérober, insaisissable, et de faire durer indéfiniment son retrait qu'elle a, cette semaine-là, portée à son paroxysme. Sa détermination, qui nous enterrerait tous, était telle qu'on a essayé en vain les recours habituels, avant de laisser régner son silence, laisser l'emporter pour de bon son choix de disparaître : on l'a interrogée, on lui a demandé si tout allait bien, on lui a caressé le bras ou la hanche, l'a prise par les épaules, on a tenté de lui faire lâcher un mot sur le terrain de l'intendance, qui d'ordinaire la réveille, laissant traîner des objets loin de leur place ou parcourant Finale Fantaisie chaussures aux pieds, on a collé un mot manuscrit sur la porte de sa chambre et lui a envoyé des textos complices – rien à faire. Son silence résistait à tout. Il n'était ni la trame d'un de ses scénarios cosmiques qui lui dramatisent le monde ni l'alternative choisie aux relations si décevantes avec les tristes autres ; et il n'était plus non plus le silence de son fameux orgueil. Il ressemblait plutôt à une incursion dans le néant, sa première approche, mais résolue, du vaste pays du pas-être, là où les sens enfin s'éteignent et la tête n'est plus là. Pour de bon. Et il était, dès lors, la seule façon qu'elle avait à sa disposition de faire savoir qu'elle n'y était plus et ne souhaitait pas qu'on lui demande pourquoi. Tout en continuant, puisqu'il le fallait bien, à manger un peu, cuisiner à peine, ranger par réflexe ou sortir une fois par jour, à exister quand même, minimalement, aux côtés de ses trois compagnons. Quand on a compris qu'il n'était pas l'effet contagieux des pleurs de Bob – le silence de Suzanne, qui mit quelques jours à s'imposer, les ayant précédés de peu –, quand on a compris qu'il n'avait rien à voir avec ce qui était en train d'arriver à Leïla et à moi, on l'a laissée tranquille. On l'a laissée se retirer, s'effacer. Ne pas être. On lui a fait le cadeau de l'oublier, effort d'abord puis réflexe incorporé. Les derniers jours de cette folle semaine on la croisait dans l'appartement comme on longe un meuble, comme on coupe le chemin d'un animal familier, dans l'indifférence des corps. On lui foutait une paix royale.

Il faut dire qu'on a vite eu d'autres chats à fouetter. Dès le vendredi matin, les larmes convulsives de Bob et le mutisme tenace de Suzanne sont apparus pour les broutilles qu'ils n'étaient pas mais qu'ils devenaient de fait, relégués soudain à l'arrière-plan par le souffle de l'événement : Leïla ce jour-là ne s'est pas réveillée. Elle est restée dans son grand lit. Elle dormait si paisiblement, la tête posée parmi ses boucles grises, le corps droit comme un gisant sculpté dans du granite, avec ce visage en paix que les gens comme elle – mais pas moi, merci – associent à l'accueil dans l'éternel. Sauf qu'elle n'y était pas tout à fait, dans l'éternel. Suzanne, venue voir dans sa chambre pourquoi elle ne se levait pas, est allée aussitôt tirer Bob par la manche, qui s'est agenouillé au pied de son lit, a pris son pouls, tâté son cou, vérifié qu'elle respirait et, d'un mot laconique, sa larme du petit déjeuner à peine séchée au coin de l'œil, a conclu à « une attaque pendant la nuit ». Tandis qu'il appelait les urgences je me suis affalé au salon, impuissant, sidéré, laissant se mêler en moi une vague image de braquage nocturne inspirée par ses derniers mots (une attaque) et les souvenirs des divers âges de la vie, les souvenirs que j'ai toujours imaginés nous envahir au seuil de la tombe – ceux de Leïla fringante au siècle dernier, de Leïla montant un spectacle de théâtre avec moi à vingt-cinq ans ou de Leïla nous traînant à cinquante voir la finale de la Fed Cup en tribune d'honneur. Je dérivais dans nos passés, depuis mon canapé. Puis ça a sonné, le tintement effrayant de l'interphone a mis fin à mon défilé de diapos intérieures. Et deux minutes plus tard ils sont entrés, ces jeunes êtres bruyants à uniformes et protocoles dont on avait toujours évité la venue à Finale Fantaisie, prenant un VTC pour aller soigner nos tumeurs et nos alertes cardiaques : les jeunes samusiens ont fait irruption dans le hall, par l'ascenseur, avec un équipement et une civière dont le détail aujourd'hui reste flou, confondu pour moi dès leur arrivée avec le caddie rouillé et les bibelots de l'entrée. Ils ont envahi notre espace, direction la chambre de notre sportive. Ils ont vérifié ses « constantes », ce mot curieux, essayé de la réveiller, plongé un faisceau lumineux dans son œil mort, dont ils soulevaient la paupière d'un pouce exercé, posé les questions de rigueur sur ce qu'elle avait mangé la veille au soir ou la possibilité qu'elle ait tenté l'overdose de médicaments. Puis, leur mission sur place dûment accomplie, ils l'ont soulevée à deux, l'un sous les genoux et l'autre derrière les épaules, en lui tenant la tête, avant de la poser délicatement sur la toile et de l'emporter par l'ascenseur jusqu'à leur ambulance. Chaque geste si connu, tellement appréhendé, avait lieu avec cette transparence, cette neutralité méthodique qui est celle de l'événement, de la réalité quand elle touche à l'exception, vient enfin briser l'ordre du temps – sans produire le fracas que nos peurs lui associaient. Hop hop, action, efficace ; rien à dire, peu à faire. On était à peine là, faut dire, ou alors on était nous-mêmes les brancardiers, ceux qui filent avec le corps, j'étais le Noir et Bob l'Arabe, Suzanne prendrait le volant de l'ambulance. Ça y est, mon vieux principe de Reuilly commençait enfin de s'appliquer, la logique de la dernière demeure. Tous les trois on veillerait sur Leïla, à ne pas la réveiller, ou à faire l'impossible pour qu'elle se réveille, on verra bien, c'est selon – on verra une fois sur place, non plus à Reuilly mais si près, une chambre en réanimation à l'hôpital Saint-Antoine. Où le chef de service, joint par Bob une heure plus tard, a prévenu qu'il faudrait la placer en coma artificiel, scruter sa boîte crânienne pour trouver la veine effondrée ou l'ischémie invisible qui l'avaient endormie et surtout, pour tant de raisons qu'on les a aussitôt oubliées, qu'il ne fallait pas compter venir l'y voir avant un bon bout de temps. À quatre cents mètres, pourtant.

Mais Leïla rime très mal avec coma, sa chambre vide avec nos airs livides. Les airs qu'on a affichés dès que les ambulanciers ont disparu, et qu'on n'a plus quittés ensuite. On était anéantis par son départ, ébahis par le creux qu'il ouvrait dans notre petit plein, le creux léger, insondable, par lequel tout allait disparaître – le quatuor insécable, la douceur que Leïla apposait sur tout, la vie au jour le jour, hantée qu'elle serait désormais, notre vie, ou ce qu'il en restait, par un double crime, par le double mystère d'un meurtre : ce qui avait frappé Leïla allait-il la tuer, là-bas, à quatre cents mètres de nous, et qui d'entre nous serait le prochain à y passer ? De toute façon, sans même avoir à se le préciser, on était d'accord pour trouver qu'avec Leïla, si elle ne revenait pas, c'était le meilleur de nous qui s'en allait en premier : une exigence, une fermeté, une bonté entière enrobée de gracieuse humilité, la liberté de divaguer aussi, de se fondre obscurément dans tout ce qui est – on aurait dit un Trivial Pursuit macabre, ou un Trivial Pursuit à l'envers, au jeu duquel on aurait perdu en premier les meilleurs camemberts, le sport et la religion, et où il ne nous resterait que les plus bavards, les moins utiles, art, littérature, politique. Sauf que ça n'était pas un jeu ; sinon on y aurait participé un peu plus. À l'absence de Leïla chacun de nous trois n'a pu opposer que sa propre absence. Suzanne a glissé, toujours sans mot dire, du silence de retrait au verrouillage vital, complet. Bob, lui, des pleurs sans raison aux larmes moins confuses, plus fatalistes, qui sont celles de l'irréversible. Et moi, de mon côté, j'ai continué d'avoir mal – car tout ce temps j'avais mal, mal, tellement mal.

On pourrait ajouter, si on croyait encore aux listes, à la liste d'une semaine unique, on pourrait ajouter les métastases que s'est découvertes mon frère, alors qu'il croyait son cancer vaincu, la séparation brusque d'une des filles de Suzanne, qui a fui son mari du jour au lendemain, l'internement psychiatrique de la nièce adorée de Bob, que rien n'annonçait, le dégât des eaux à l'étage au-dessous, qui rendit impraticables la cage d'escalier suintante puis, pendant deux jours, l'ascenseur indispensable, la femme de ménage injoignable, volatilisée sans motif, qui avec les défections des filles a laissé s'encrasser à vue d'œil notre purgatoire oublié, l'ambiance d'émeutes dans tout le nord parisien aussi, les colères d'il y a quelques mois semblant gronder à nouveau – oui, tout ça a eu lieu pendant la même semaine, allez comprendre –, on pourrait ajouter tous les malheurs du monde que ça ne suffirait pas : tout s'effacera toujours derrière l'évidence exclusive de la douleur. La douleur qui prend toute la place, fait disparaître tout le reste. Putain ce que j'avais mal. Putain ce que ça lançait. Et à quel point je me foutais, contre mon gré, contre mon cœur, de tout ce qui n'était pas mon mal. Tout le reste je peux le dire, je peux le phraser, ça non. Finalement, tout ce que je prétends ne pas pouvoir dire je peux très bien le dire, mais pas ça, jamais, non, tant il n'y a rien à dire, à dire d'autre que ces trois lettres, la furie destructrice qu'elles recouvrent, et l'envie de crever, de tout faire sauter : dire à quel point ça fait mal, ça fait mal, ça fait mal, ça fait mal. Dieu ce que ça fait mal. Ces trois mots vides, je les ai retrouvés hier sur mes lambeaux de cahier à spirale, barbouillés sur le coup, ou peut-être un peu après chaque crise, dans un instant de répit, mais toujours en tremblant, en geignant. Ces trois mêmes mots inachevés ou repassés, lancés d'un seul trait informe ou appuyés jusqu'à trouer la page, avec le *m* dégoulinant, le *a* amputé, le *l* en pointillé, mais répétés, répétés jusqu'à remplacer tout ce qu'ils n'auraient pu dire, jusqu'à servir de cri, de râle écrit, comme ça, superposés à eux-mêmes, réitérés pour rien, ressassés pour ne pas en mourir, serinés comme on pique dans la peau, enfoncés comme le clou dans ma chair. Je comprends, à les relire, à côté des rares autres mots qui m'étaient venus, gribouillés eux aussi, je comprends que je ne pouvais alors rien faire d'autre, rien dire ni rien éprouver d'autre, sinon une très franche et très physique envie de mourir, mais qu'à l'instant où la douleur annulait toute écriture, l'interdisait autant qu'elle la ridiculisait, j'ai quand même eu besoin de les inscrire, ces trois mots, d'écrire ça, ça fait mal, ça fait mal, comme on se souvient d'un vers latin pendant l'appel sur la place du camp, pieds nus dans la neige, ou comme on regarde la photo de l'aimée juste avant d'être exécuté. Je ne peux pas retrouver en moi la sensation d'alors, si récente pourtant, la sensation folle, trop dure pour durer ; mais à regarder ces lettres illisibles que j'ai ressenti le besoin de tracer, je me retrouve au moins un petit peu d'humanité.

Ça fait mal.

Ça fait tellement mal.

Tesson de bouteille dans le fion, verre pilé au cul, merdassouille… ça fait maaaaaal.

Mal mal mal.

Ventre ouvert au cutter, tripes à l'air, paupières cousues, glotte arrachée… ça fait trop trop trop mal.

Tellement maaaaal.

Pute borgne et sac à foutre, clou dans l'œil et fiente à zob, acide qui pue sur plaie béante, mais comment, comment ça peut faire aussi maaaaal…

Et mal, et re-mal. Et encore mal et tellement mal.

C'était Lora qui me faisait aussi mal. Ça je ne l'écrivais pas, tout le monde en moi le sait. Lora, c'est l'acronyme anglais que les gériatres utilisent entre eux pour désigner la polyarthrite rhumatoïde survenue à un âge avancé. Dont j'ai eu soudain, quant à moi, une crise particulièrement aiguë. Il a suffi que Lora se réveille pour que les consonnes chuintantes et les suffixes sales se bousculent ainsi au bord de mes lèvres, au bord de ma feuille froissée, comme les mouches sur une bouse. Pour que je n'arrive pas à écrire, ni ça ni rien, pour que je n'arrive pas à pleurer, surtout, le coma de Leïla, à tenir la main de Suzanne ou de Bob, à me soucier de mon frère ou de nos enfants dans le pétrin, pour que je sois aussi peu au courant de l'eau qui coule dans notre immeuble et de la république en train de couler à pic. Pour que rien d'autre n'existe, il a suffi que Lora se réveille. Et me fasse encore plus mal que d'habitude. Ça faisait mal aux poignets, aux doigts, aux genoux, aux chevilles, aux pieds, un peu aux hanches et aux épaules aussi. Impression qu'on m'enfonçait des punaises ou des cure-dents au bout des os, là où l'érosion laisse l'horreur s'épanouir, là où le cartilage n'est plus qu'un vague souvenir. Impression que des éclats de lave en fusion fourmillaient sous la peau, jusqu'à faire, quand leur brûlure atteint l'os, le même effet qu'un bout de glace ou une lampée d'eau bouillante sur le nerf à vif d'une gencive édentée, le même en pire. Impression qu'un œdème gonflait et distendait la peau là où la migraine fait hurler de la tête, la tête enfiévrée, écrasée, qui ne tiendrait plus qu'à un fil. Impression que rien d'autre ne ressemblait à ça, même pas ces douleurs vives que j'écris ici mais qui sont autres, qu'on a déjà connues. Et impression qu'en l'absence de sensation familière, de reconnaissance par les nerfs d'une expérience passée, c'est l'air qui manquait, c'est la tête qui allait exploser, c'est le cœur qui menaçait de s'arrêter, c'est toute la machine à percevoir qui avait retourné sa veste et roulait maintenant pour le nouveau Führer. Lora, ma bourreaute, qui n'a pas les moyens de me faire parler, *ach so*, mais seulement gémir, ou alors me taire, pour toujours – oui je sais, toujours cette ritournelle nazie, mais chacun ses absolus : les miens renvoient toujours à cette époque-là, par défaut, cette époque que je n'ai pas connue et dont ma mère et les siens m'ont beaucoup trop entretenu. Je sais juste que si l'histoire humaine est celle d'une longue douleur, alors mes crises de Lora, heureusement rares, sont la Seconde Guerre mondiale de ma pauvre existence. De sa fin, en tout cas. Quand j'étais en mouvement, Lora paralysait soudain tout le corps comme si un assassin avait enfoncé dans mon dos une pique métallique à brochettes, entière. Pour peu que je piétine, debout au milieu du salon ou attendant sur le trottoir, les deux premiers jours, quand je sortais encore, l'intensité de Lora était alors plus grande, comme si on prenait le temps de me sectionner les tendons, millimètre par millimètre. Et la nuit, la poussée soudaine des épines était si forte, leur supplice sous la peau engourdie, chaude de torpeur, que ça réveillait tout le corps et n'en faisait plus qu'une plaie sans sommeil jusqu'au petit matin. Je la connais bien, en face, la litanie des solutions insuffisantes, des vains antidotes, qui accompagnent mon martyre sans jamais l'apaiser : marcher avec ma canne, alors que c'est marcher tout court qu'il faudrait oublier ; ne rien porter qui pèse sur les articulations, alors qu'elles ont déjà tellement mal ; avaler des antidouleurs qui ne feront souvent qu'ajouter à celle de l'arthrite la souffrance du rein ou celle de l'estomac ; supplier l'incorruptible docteur d'avancer de deux mois l'injection annuelle autorisée de cortisone. Mais c'est comme envisager le kiné ou l'ortho : on sait que le soulagement qu'on en retirera, si éphémère, relève de la diversion psychique. La douleur reste entière. Elle est dans ces cas-là l'unique personnage de ma pièce, l'unique matériau sensible et intellectuel, seul fil d'un récit à ce point monocorde qu'il ne se raconte pas, sinon comme les modulations d'un seul râle sans fin : ma douleur sort de son trou, elle s'ébroue, plonge où elle veut en piquant du nez, vrille et gigote, elle s'attarde en terrasse et fête son printemps revenu, elle fait des emplettes avant de les ranger dans ses placards, s'accorde un quart d'heure de gloire et mille sautes d'humeur, elle est tout, elle a tout balayé, elle prend toute la place, sadiquement hilare d'entendre le même cantique résonner encore et toujours dans la nef de mon corps – ça fait mal, ça fait mal, mais ça fait mal, ça fait tellement mal. C'est le seul ça, il n'y en a pas d'autre. Je l'ai traînée partout, ma douleur, à une lenteur telle, avec une minutie telle aussi, que traverser un champ de mines ressemble, en comparaison, à une partie de ballon prisonnier. Je l'ai traînée dans l'ascenseur, dont je ne voyais plus les parois. Je l'ai traînée par le hall miteux de notre immeuble, dont jamais l'odeur peu ragoûtante ne m'avait été aussi peu sensible. Je l'ai traînée sur le trottoir étroit de la rue Érard, où chaque pas était celui que fait un fakir sans diplôme sur du verre cassé. Je l'ai traînée sur notre petite terrasse, même, d'où n'avait jamais existé aucune vue, aucun horizon. Je l'ai traînée le reste du temps dans les longueurs désertées de Finale Fantaisie, quand je ne savais plus où me mettre, quand je ne savais plus si le mal serait pire allongé ou debout ; et là, au fil de ce couloir si familier, sous l'air de notre cathédrale aimée, chaque mouvement infime de mon corps de souffrance effaçait tout le reste, pfuit, plus rien d'autre, pas de murs protecteurs, pas de phalanstère, pas de cocolocos, pas de repas ni de causeries pour tuer le temps, le temps qui n'en finit plus de me tuer – évacués, tous, par la souffrance, la souffrance jalouse, qui n'admet rien d'autre qu'elle. Un pas, et ça lance. Un battement de cœur, et ça lance. Une expiration, et ça lance. Une seule bouchée, et ça lance. Pisser un coup, et ça lance. S'asseoir, et ça lance. Ne rien faire, et ça lance. Et ça lance. Et ça lance.

Les nabots en blouse blanche avec leur stéthoscope, je les emmerde au plus profond : gérontologues blasés ou médecins de quartier, mandarins de congrès ou vieux toubibs rusés, ils parlent doctement – je l'ai lu, et noté – d'un « envahissement du discours de la personne âgée par la plainte douloureuse » comme ils parleraient d'une planète improbable, ou comme s'ils n'étaient pas du tout concernés, ce qui est bien le cas. Enfonce-toi des piques à bigorneaux sous toutes les articulations du corps, l'une après l'autre, et ensuite vas-y à ton congrès, finis-le ton article, puce à merde. Mais je me déteste moi plus encore qu'eux, d'être toujours là à subir ce calvaire alors que le néant serait plus apaisant. Si le refus animal d'avoir mal est plus animal encore que la peur animale de mourir, alors je me déteste de ne pas être le bon animal, de ne pas savoir l'être. De même que je déteste ceux qui liront ces lignes, maladroites, leur syntaxe dérisoire, et tous ceux aussi qui tentèrent de l'écrire, qui lui offrirent sa rédemption littéraire, à cette charogne de douleur, ce bubon puant de douleur à face de rat, vomissure de crevard. Je vous déteste tous, écrivains de la douleur, d'avoir pu l'aimer, la blasonner, la célébrer, l'enjoliver, de m'avoir tendu le miroir de mon ineptie, de mon incapacité à faire pareil, à faire autre chose qu'en mourir et m'en plaindre sans fin. Il y en a une, avec ses lunettes cerclées, qui nous disait d'aimer sa propre douleur, et qui l'aimait vraiment. Désolé, pas pour moi. Et l'autre, avec sa longue barbe éparse, qui nommait Dieu celui qui parviendrait à vaincre sa douleur, recommandant de s'y essayer. C'est ça, et jette-toi du clocher à bulbe, tu verras, tu rebondiras jusqu'au ciel. Et un autre encore, si vieux et si chauve, qui faisait de la sienne, de douleur, sa vengeance contre lui-même, c'est ce qu'il disait. Même moi qui ne m'aime pas trop, j'aurais du mal à me détester à ce point. Ou cet autre aussi, moustachu et souffreteux, notre cousin globuleux, qui ne voyait pas d'autre manière de désarmer sa douleur que de la vivre jusqu'au bout. Qu'il disait. Peut-être, je ne sais pas. La mienne n'a rendu les armes que huit jours plus tard, huit jours trop tard. Huit jours interminables. J'étais trop brisé par sa loi pour trouver alors, dans les ruines de Finale Fantaisie, dans le désert de nos vies, la force de m'en féliciter. Après la douleur point de salut – voilà, je l'ai aussi ma formule.

Car le cauchemar a cessé. C'était venu ; c'est reparti. En moins de deux jours tout s'est inversé, deux jours dont chaque heure apportait son lot d'améliorations mais dont je serais incapable aujourd'hui de faire le récit détaillé. En moins de deux jours, ma douleur insupportable a reflué, Suzanne s'est remise à prononcer quelques mots, Bob a presque arrêté de pleurer et, surtout, Leïla est sortie du coma – c'est un appel du chef de service qui nous l'a annoncé à l'heure du dîner –, vannée, amoindrie, interdite de sortie d'hôpital, surveillée par bip bip and co, mais vivante et même, sur l'écran de notre bref appel en vidéo, faiblement souriante. Mon petit frère est parti en chimio, en bon soldat. On a baissé la dose de sédatif de la nièce de Bob, qui sortirait bientôt. Le divorce de la fille de Suzanne se trouvait être une bonne nouvelle. Et que l'eau suinte dans les parties communes, que la poussière s'accumule là où la femme de ménage ne venait plus la faire, que l'ordre social craque sous la pression des jeunes et de tous les mécontents, tout ne pouvait que nous réjouir, nous rappeler la chance qu'on avait, stupéfiante, d'être encore en vie. Et d'y assister – pas encore hilares, un peu groggy certes, mais bien là.

Tout nous plaisait, si on pouvait en être les témoins. Le monde continuerait avec nous, un tout petit peu plus longtemps. Même si on devait n'y être, accablés par cette semaine sans fin, que les fantômes de nous-mêmes : des vivants surpris d'être arrivés ainsi, passifs et anéantis, aux confins extrêmes de leur vie.

Est-ce, alors, la façon qu'ont eue la fatigue de Bob et la fatigue de Leïla de converger, de s'enlacer ? Est-ce la sensation précise d'une fin imminente, pour de bon ? Est-ce un seul instant de lucidité, réalisme fiscal ou souvenir des tristes solitudes finales des cousins de roman restés célibataires ? Ou est-ce une ancienne promesse, d'eux seuls connue, qu'il était temps de tenir enfin, grand temps même ? Toujours est-il que sans que Suzanne et moi n'y puissions rien, ni ne l'ayons anticipé, on s'est retrouvés bientôt, un samedi matin, à cinq dans la chambre d'hôpital, avec un adjoint cravaté de la mairie et nous deux en guise de témoins, pour marier Leïla et Bob, les unir par les liens du mariage. Et les voir, la seconde suivante, échanger un vrai baiser langoureux, sensationnel, mi-galoche d'ados mi-patin de cinéma. Un baiser stupéfiant, magnifique, à même les dents clairsemées, les visages cireux, les haleines inconcevables. On les aimait, devant ce baiser si vivant, plus qu'à aucun autre moment peut-être de notre longue coexistence. Mélange d'affection première, immédiate, d'admiration pour ce qu'ils venaient de faire, de connivence dans les couloirs de la fin, de réjouissance aussi, guillerette, partagée, qu'ils aient osé, qu'on ait tous osé. Un sourire souverain nous barrait la face, Suzanne et moi, en regardant nos aînés s'embrasser, en constatant une dernière fois ce qu'avait de beau et d'aimant notre vie encore un tout petit peu osée. Ils assuraient, Bob et Leïla, un pied dans la tombe et l'autre dans la piscine à débordement. Et puis si deux copines de scrabble dans un Ehpad peuvent tomber amoureuses et s'embrasser goulûment, alors qu'elles n'avaient eu la vie durant que leur pauvre mari – comme on nous l'a raconté –, pourquoi un homo dépressif et une lesbienne hémiplégique ne s'épouseraient-ils pas dans une chambre d'hôpital ? Tant qu'on est là, tout est possible.

Pourtant, on n'en menait pas large. Le spasme d'amour pour eux qui nous a secoués au même moment, Suzanne et moi, à la fin de leur long baiser, tandis que l'employé de mairie regardait la porte – pressé de s'éloigner, sûrement, de cette noce infime, de ce baiser trop long –, a achevé de nous épuiser, de nous étourdir. Comme un frisson de fatigue, énorme. On a eu un mal fou à nous lever de nos chaises moches, apportées tout à l'heure par deux infirmières ricanantes. On a dû s'appuyer l'un à l'autre pour traverser l'immense cour. On n'en revenait pas, Suzanne et moi, en sortant de cet hôpital honni où on était entrés une heure avant sans savoir ce qui nous y attendait. Et nos deux jeunes mariés, qu'on a laissés ensemble sous les écrans de contrôle, pour consommer ou débriefer leurs épousailles – comme ils voudront –, devaient en revenir encore moins que nous. Ils étaient liés à jamais, un jamais plus furtif qu'une seconde.

Belle du senior

Quelque chose est revenu. Quelque chose que j'avais oublié, quelque chose de si ancien qu'il en était méconnaissable. Quelque chose de ma timidité crispée quand je n'osais aborder les filles, adolescent, plus petit alors que la plupart d'entre elles. Quelque chose d'un frétillement contenu, d'une excitation du corps déniée par ma timidité, quand une seule silhouette et un œil sans fin plongé dans le mien deviennent l'unique tourment. Quelque chose de ma joie inquiète, il y a des millénaires, lorsque je comprenais que cet unique objet serait aussi mon unique calvaire, qu'il m'échapperait à la fin, à moins qu'il ne me voie même pas, tout en ayant fait disparaître de ma vie tout ce qui n'était pas lui. Quelque chose que peut-être je n'ai jamais connu, jamais osé affronter, tant il est difficile d'associer les poncifs du sentiment, qu'on se sent forcé d'éprouver pour ne pas mourir idiot, à l'état étranger, indéfinissable, dans lequel on se retrouve alors – siphonné par l'objet. Je n'ai pourtant plus l'âge de cette chose qui est revenue. Cette fois, en plus, je ne tenais plus debout. J'avais perdu tout plaisir à mes pauvres routines. Je n'étais pas au top, comme auraient dit mes filles. J'avais grillé mes dernières cartouches dans l'attaque ignominieuse de Lora et le temps exigé pour m'en remettre, après les avoir bien entamées, déjà, dans la bataille des jeunes, notre guerre rêvée, et dans les efforts faits pour jouer mon vieux rôle de limite, limite aux obsessions têtues de Bob, limite au détachement final de Leïla, plus ma stupéfaction de les voir s'épouser – ces deux-là, tout à coup, à l'hôpital Saint-Antoine. Bref, j'étais à plat, pour de bon, et dans cette morne plaine se dressait soudain, qui n'avait pas prévenu, la saillie d'une émotion trop ancienne pour que je la reconnaisse, d'une émotion qu'autrefois déjà je ne reconnaissais pas. La saillie intempestive, un peu ridicule, totalement inavouable, inévitable pourtant, d'une pulsion amoureuse, rendez-vous compte, amoureuse, à mon âge – pour Suzanne. Suzanne, oui. Je me suis mis à rêver de Suzanne éveillé. À la dévisager d'un air maladif, quand je la croisais. À ne penser qu'à elle depuis ma nouvelle chambre du couloir, car j'avais récupéré celle de Leïla, sans état d'âme ni superstition, cette fois, juste parce que mes jambes n'y arrivaient plus, à gravir la mezzanine. Je me suis mis à écouter Suzanne marmonner depuis son lit en collant mon oreille contre le mur. À suivre ses faits et gestes et parfois ses petits pas dans le couloir. À sentir tout du long un seul poids, une seule présence, à sentir cette drôle de nausée, immémoriale, dont on ne sait jamais vraiment si elle procède de la fringale ou du trop-plein, de ce qu'il faut étreindre ou de ce qu'il faudrait fuir. Ma Suzanne, mon pilier, plus familière qu'une sœur, moins dissociable de Finale Fantaisie que l'immeuble lui-même, que n'ai-je ressenti ce trouble vingt ans plus tôt, que n'ai-je eu la force, la semaine dernière, en sortant de l'hôpital, de congédier cette pulsion inconvenante, cette promesse d'emmerdes sans fin. Cette si vieille promesse, si familière.

Malédiction d'une vie entière, qui se répète à la toute fin, il faut croire, cette fois en grand format : les femmes réelles qui me voulaient ou celles qui sur des écrans moites laissaient bâiller leurs orifices, ni les unes ni les autres je n'aurais pu les aimer, prétextes masturbatoires, leviers narcissiques, alors que celles que je côtoyais beaucoup plus innocemment, pour en accueillir les confidences, en renforcer l'amitié pour moi, ancestrale, naturelle, en écouter les meilleures idées pour monter un projet commun ou en partager jour après jour les rites colocatifs, celles-là je finissais souvent par en tomber amoureux, trop tard, quand il ne fallait plus et que j'en avais moi-même oublié jusqu'à la possibilité, invraisemblable. Oui, c'était il y a bien longtemps, mais en fait elles y sont toutes passées, devant mes aveux dépités, mon air embarrassé, abasourdi même : mon amie d'enfance, ma coloc de prépa, ma collègue intouchable, ou ma demi-sœur. Et elles m'ont toutes dit, plus ou moins explicitement, à un moment ou un autre, que non, ça n'aurait pas lieu, ça n'avait aucun sens, c'était de ma part une bien étrange lubie, dont je n'avais sans doute aucune envie en réalité, ajoutaient-elles pour achever de me dissuader. En vain. Elles m'en brisaient le cœur, d'un coup brusque et attendu, auquel j'ai fini par être rompu, un coup assez fréquent à l'époque pour que la douleur, aiguë, n'en dure pas. Bander pour des femmes méprisées, caresser quelques hommes pour tromper mon dégoût de ces femmes, ou juste pour me retrouver, et ne me réveiller possédé d'amour, remuant d'un profond amour, inextinguible, que pour celles que je ne pourrais jamais toucher – le voilà le vieux triangle où je me perds depuis toujours, où mes psys disaient voir clair sans que j'aie jamais vraiment compris ce qu'ils y voyaient, dans mon vieux triangle fatal, que je pensais révolu. Car la femme pour me branler, c'est fini depuis un bail. Et le désir des hommes aussi, le vague trouble que m'inspire encore parfois un jeune homme gracile et résolu relevant plus d'un souvenir du corps que du désir intact.

Mais la compagne si familière que sa familiarité m'en rend amoureux, je n'en aurai jamais fini, jamais, décidément. À moins que ce soit le familier que je veuille étreindre, justement, l'intime que je veuille embrasser, ou le temps long, ou maman. Je ne sais pas, je ne saurai jamais. Suzanne en tout cas est devenue pour moi le tourment, d'un coup, le seul horizon. Elle est devenue ma monomanie finale au moment qui s'y prêtait le moins, alors qu'on avait tellement dépassé elle et moi la date limite de ce genre de risque, qui ne vous guette qu'au début en général, et alors qu'elle n'était plus, ma Suzanne, que cette petite vieille butée et énergique, laconique et maussade, dont je connaissais chaque geste domestique, chaque réplique culte, chaque horaire rituel et chaque pas léger dans notre éternel appartement commun.

Merde, pourquoi Suzanne? Pourquoi maintenant? Je ne sais pas. Mais si je me récapitule nos derniers temps, je crois que c'est d'avoir vu le monde s'écrouler pendant qu'elle, si sombre depuis la naissance, restait imperturbablement debout. Je crois que c'est de sentir tout l'éphémère des corps, les corps épuisés, harnachés comme celui de Leïla à d'inquiétants tuyaux, ou juste disparus au coin de la rue, disparus à nos vues qui ne regardent plus, et de laisser au contraire me réjouir celui de Suzanne quand il passe près de moi, à chaque fois. Son corps compact, entier, quand il se faufile, s'impose, dandine à peine et touche à tout, ses doigts serrés et étendus guidés du dessous par un pouce frétillant, son approche charnelle tant aimée de tout ce qu'ils découvrent, ses doigts, manipulent. Je crois que c'est de voir les autres et la réalité entière venir lui faire la cour, à elle qui s'en moque, de la réalité. C'est de nous voir tous les trois nous appuyer sur sa détermination indemne, de voir les amis et nos familles déguster ses endives braisées et rire des taquineries qu'elle leur lance avec ses beaux sourcils froncés, de voir les jeunes militants la relancer et l'admirer, les moins jeunes s'attendrir ou bien la redouter. De voir même, quand ça arrive encore, l'éternel poète chevelu du premier étage aborder d'un air gourmand sa silhouette discrète, son visage singulier, rond et strié, cet Harold oubliable qu'on n'a pris l'habitude d'appeler poète que parce qu'il ânonne quelques vers de son cru, incitables, dès qu'il arrive à bondir devant sa Maud, ma Suzanne, à la surprendre sur son passage. Plus de quarante ans d'écart, mais à chaque fois il se prend un râteau, ou juste un silence pesant, un sourire d'indifférence – qu'elle s'en foute à ce point, la très vieille petite dame, d'émoustiller un damoiseau qui pourrait être son petit-fils n'est pas pour rien, sûrement, dans son obstination à lui. Et je crois – mais tout ça ne suffit pas encore, car il n'y a là aucune raison valable, en vérité – que c'est aussi d'éprouver, aux lisières de ma conscience, sa marque sur mon corps, cette empreinte en moi laissée l'an dernier un soir de négligence, effacée depuis et même à ce point oubliée que je n'en ai jamais fait état sur ce clavier, dans ce texte, alors queue quand même : en un épisode pathétique qui m'a fait honte aussitôt, ne sachant s'il était chez moi la preuve d'une confiance amicale déplacée ou d'une démence sénile obscène, j'étais sorti des toilettes pour aller au salon, en l'absence de Bob et Leïla, et j'avais montré à Suzanne mon érection, miraculeuse, inimaginable, pour partager ma stupeur avais-je sans doute pensé, en très très vieux amis – sauf qu'elle avait eu un rire affectueux, avait tendu la main vers ce qui osait encore se dresser, l'avait frôlé quelques secondes, à peine cajolé, et qu'un soubresaut convulsif que je ne reconnaissais pas lui non plus avait dû alors me tenir lieu de jouissance, instantanée. Avant que je me rhabille comme un gosse pris en faute et qu'on s'assoie tous les deux sous la cathédrale, sans transition, une bière en main, pour parler d'architecture. Et s'assurer que rien n'avait eu lieu. Mais oui – comment avais-je pu oublier. On n'en avait rien fait, ni jamais reparlé.

Enfin voilà, je suis in love. C'est tellement absurde. Le déclic, je pense, date de la semaine dernière, du simple fait, si rare désormais, d'avoir passé deux jours sans la voir pendant qu'elle s'occupait de la maison et des miens, comme une veuve zélée. Un gros bouton louche ayant poussé près de mon oreille, plus louche que tous ceux qui parsèment mon corps, le dermato qui m'a toujours à l'œil a exigé son exérèse, parce qu'il était « malin » et trop proche de « zones à risques ». Et sa localisation délicate a requis une petite opération, « bénigne », corrigeait l'agaçant docteur – mais avec quand même deux jours d'hospitalisation, vu mon âge. J'ai eu tout le temps, depuis ce lit blanc appareillé où je me représentais Leïla au même moment, tout le temps de savourer mon départ, mon absence soudaine de notre belle demeure que je ne quittais plus jamais, de m'attendrir pour ceux qui y restaient, du coup, Bob et Suzanne, que j'associais encore l'un à l'autre, le premier jour de mon isolement, comme deux joueurs d'une même équipe. Mais Bob a disparu de mes pensées comme il y avait surgi, si fermement, il y a presque vingt ans. Bob désormais était en pleine chute libre ; ni sa guerre vaine contre les écrans ni son mariage impromptu avec Leïla n'arrivaient encore à le maintenir debout, en éveil, tout en lui se dérobant, s'effilochant. Il fallait peut-être son éviction à lui aussi pour que Suzanne, demeurée la seule debout à Finale Fantaisie, prenne les contours de l'objet, l'objet unique, qu'elle s'avère m'obséder à l'exclusion de tout le reste.

Et il a fallu, surtout, qu'elle reste la source de vie quand tout semblait si près de disparaître. Le moment où elle s'est imposée à moi comme l'évidence de toute une vie est celui où j'ai appris qu'elle avait pris l'initiative, insolite, généreuse, d'improviser à la maison un mini-banquet familial, histoire de veiller tous ensemble les deux alités, Leïla et moi, à qui cette réunion tendre, pensait Suzanne, cette réunion en leur hommage, donnera la force de tenir, depuis leurs hôpitaux respectifs. Je sortais alors de mon anesthésie générale et Leïla, dans son hôpital à elle, dormait ; ils ne nous ont donc pas appelés. Mais à partir de ce que j'ai imaginé le lendemain et de ce qu'on m'a ensuite raconté, de ce dîner tranquille chez nous, presque recueilli, j'ai reconstitué une image, incontournable. J'ai reconstitué pour moi seul une image radieuse, depuis mon lit d'hôpital, une image intérieure dont je ne me lassais plus, à laquelle mon absence et l'énergie de Suzanne donnaient toute sa valeur. Je la voyais improviser un de ces repas succulents qu'elle ne peut qu'improviser, mais qu'elle arrive, une fois la préparation lancée, à prendre en main, enrichir de chaque impulsion, de chaque association, debout dans la cuisine tandis qu'elle lèche en experte la cuiller de bois, *such a lucky spoon*, jongle avec les casseroles et toutes ses herbes rares. Je la voyais mener à la baguette ses convives du jour, sans que ses yeux bleus très foncés ne les quittent un seul instant. Je la voyais les faire s'asseoir, se détendre, goûter, rire, penser, les servir et les interroger sans relâche. Je lui voyais une force que je n'avais plus, ou n'avais jamais eue.

Je la voyais poser aux uns et aux autres ces questions qui la taraudent, ces questions qu'elle préfère leur poser sans l'entremise de leurs proches, dans mon dos, en l'occurrence : demander à mes filles ce qu'elles ne se sentent plus capables d'accomplir, avec l'approche de la cinquantaine, ou si elles referaient pareil si tout était à refaire, et demander à leurs enfants, mes trois petits-enfants, adultes déjà, ce qu'ils ne souhaiteraient pas refaire de ce qu'ont fait leurs parents, quel paysage inconnu la vie leur a dévoilé qui n'était pas prévu par leur enfance ni leur éducation. L'imaginer seule en train de s'adresser à mes petits-enfants me procurait une émotion inconnue, trop connue, l'imaginer debout à côté de la grande table les apostrophant tendrement, ces petits-enfants dont elle comme moi (on partageait toujours ces impressions-là, après les avoir vus) aimons tant la compagnie légère, très épisodique : ces êtres à mi-distance, juste à la bonne distance, avec lesquels c'est toujours plus drôle, plus affectueux, plus étonnant qu'avec sa progéniture directe, car c'est gratuit, lumineux, libre de tout ce fatras d'identification et de responsabilité qui alourdit pour l'éternité le vieux rapport des parents et de leurs enfants – on en avait tant parlé. Je la voyais les asticoter, tous, les défier soudain, les charrier un peu, les resservir de sa voix fluette, de ses gestes calmes et sûrs, en rappelant à la cantonade, comme une bonne blague, et pour ne pas me les voler, mes enfants, mes petits-enfants, en rappelant qu'il ne faudrait pas non plus oublier les hospitalisés, les aimés là-bas, tous les deux alités, oublier qu'on n'est là que pour eux, les fêter, les veiller. J'en pleurais, dans mes draps trop blancs. De sa présence, de mon absence. Et je la voyais, enfin désaliénée de sa folie maternelle, qu'elle m'avait tant contée, de ces décennies passées à couver les siens, je la voyais relancer et chahuter ses propres filles, ses jumelles, et leurs adolescents à elles, les obliger à participer, à dire à leur tour ce qu'ils voudraient faire avant qu'il ne soit trop tard, ce qui a le plus pesé dans leur enfance et dont l'abandon les a le plus soulagés. Je la voyais chez elle, dernière habitante indemne de Finale Fantaisie, Bob ce soir-là se taisant en bout de table, d'après ce qu'on m'a raconté. Je la voyais régner sur ce lieu d'ennui et cette petite humanité réunie comme seuls règnent ceux qui ne voudraient d'aucune couronne, pour rien au monde – en faisant attention à tous, à chacun, mais en gardant la désinvolture de qui ne fait que passer. Je la voyais, ses invités partis, finir de ranger seule la cuisine, de ses bras agiles, de ses manières posées, en se remémorant les réponses des uns et des autres, en regrettant de n'avoir pas relancé une question ni laissé s'exprimer assez les plus jeunes, en affichant surtout, c'est ça que je vois, un sourire à elle seule adressé pour cette soirée si simple, si chaleureuse, réchappée du néant. À elle seule, non : à moi aussi, puisque c'est aux miens qu'elle a fait cet honneur, c'est de me savoir loin qui lui en a donné l'idée. Et puisque mes rejetons qu'elle aime tant, qu'elle connaît si bien, qui sont devenus des amis des siens par la force des choses, ou par la force d'elle, nous font quand même une sorte de famille commune, d'être partagé. Puis je l'ai vue se coucher, se brosser les dents et aplanir sous sa couette ces draps dont elle ne supporte pas les plis. J'ai vu sa peau s'alanguir au contact de ces draps, son corps s'y engouffrer, menu, plein, ses yeux scruter le plafond comme ils savent si bien le faire, y chercher le sens possible de tout ça. J'ai vu toute sa personne, sa si familière petite personne, se laisser gagner par le sommeil dans l'appartement déserté – et la saillie d'émotion, l'impulsion amoureuse, l'objet unique, la nausée indécise, comme on voudra les appeler, m'ont frappé alors, depuis le mien de lit, comme l'évidence même. Je la voyais, de si loin pour une fois, et je l'aimais comme je ne l'avais jamais aimée, ou comme la décence et l'amitié avaient toujours interdit que je l'aime. Depuis mon étage d'hôpital endormi, seul et perfusé, baignant dans la clarté éclatante que diffuse ce genre d'état, heureusement rare, je m'abandonnais à mon trouble autant qu'à ma fatigue et remettais entièrement entre ses mains ce qu'il me restait de vie.

À mon retour, je n'étais plus le même. Deux jours dehors, un simple pansement sur l'oreille – et vingt années de constance s'envolaient en fumée. J'avais avec moi, à côté de moi, en permanence autour de moi, un drôle de fantôme, un souci oublié : je ne pensais qu'à Suzanne. J'hésitais sans cesse à l'aborder ou à attendre un peu, heureux comme je ne l'avais plus été depuis tant d'années, heureux qu'elle soit dans la pièce à côté, qu'en quelques pas je puisse venir la voir, discuter. Je préparais mes sorties et je méditais mes tactiques ; je manigançais. Mais la sensation était trop étrange, la circonstance trop tardive – les inhibitions qui m'avaient retenu il y a si longtemps avec une collègue amie ou une colocataire d'études, à plus forte raison avec ma demi-sœur, je ne les avais plus, j'avais passé l'âge, peut-être, ou franchi avec Suzanne, ma Suzanne, ces limites de courtoisie, ces limites d'hier auxquelles je ne trouvais plus aucune raison d'être. Alors je me suis mis à aller vers elle en clopinant tandis qu'elle s'affairait à la cuisine et à l'embrasser dans la nuque, tout doucement, ou à coller mon vieux corps contre le sien, debout tous les deux au milieu de l'appartement. Je me suis mis à prendre sa main dans la mienne tandis qu'on discutait tous les trois sous la cathédrale, à la couvrir de petits baisers secs, sa belle et vieille main, avec tant d'empressement, si maladroitement, que la honte en rejaillissait sur tous les vieillards du monde. Je me suis mis, surtout, peut-être pour qu'elle y mette d'elle-même un coup d'arrêt, à passer la réveiller le matin en m'allongeant à côté d'elle dans son lit et, plus audacieux, au bord de la psychose, à me promener nu dans tout l'étage dès que Bob s'était calfeutré, à me montrer à Suzanne dans mon plus simple et si triste appareil. Et même, à deux reprises, à le lui imposer, mon appareil, à lui en parler la bave aux lèvres comme de la seule vérité : une fois je l'ai implorée, d'un seul mot, de caresser cette pauvre petite chose qui ne jaillirait plus, ne durcirait plus, mais sur laquelle sa main posée, juste sa main, rachetait mille ans de désespoir, effaçait mille ans de désillusion ; et une autre fois, plus échauffé, je l'ai secouée sous son nez, ma vieille nouille, en lui disant que ce n'était pas elle qui nous intéressait mais sa bite à elle, la grosse queue trapue de Suzanne, oui, ta bite, ma belle, j'en rêve, ta bite puissante, veinée, flamboyante – comme j'ai été alors jusqu'à la lui décrire, en plein délire. Elle avait beau ne pas être dupe de mon gâtisme essoufflé, petitement priapique, ni des éclats amers de ma vieille rhétorique, mon délire ne pouvait pas ne pas la dérouter, l'inquiéter sans doute, la dégoûter sûrement.

Je voulais Suzanne. Je veux Suzanne. Pour finir, je veux Suzanne. Elle accueillait chacune de ces démarches avec une telle affection, un sourire si fraternel, sans gêne ni artifice, que l'inconvenance érotique en était aussitôt supprimée. Elle me câlinait, passait son index sur ma joue, regardait ma main tripoter nerveusement la sienne, me parlait de choses que je croyais tout autres mais qui signifiaient plutôt, avec ses détours à elle, que l'amour n'a pas d'âge ni de réciprocité obligée, hier comme encore aujourd'hui. Et que l'impossible, ce mot qui cimentait les murs de notre fin de vie, faisait peut-être les plus belles passions, celles qu'on ne vit pas, qu'il ne faut surtout pas vivre. Une fois seulement, au lieu de me rabrouer avec cette tendresse et ce tact qui ne sont qu'à elle, qu'elle paraît avoir inventés – contrepartie, sans doute, de sa dureté obtuse –, elle a de nouveau mis sa main sur ma vieille queue de nouveau bandochante, que j'avais de nouveau brandie au milieu du grand salon. Je l'avais sortie et tendue vers elle si lentement, elle l'a approchée et circonvenue si lentement : *slow sex*, je ne sais pas, plutôt le ralenti de la vie qui saille une ultime fois avant de s'interrompre. Elle a effleuré alors ce qu'il restait de ma queue avec la dignité d'une nonne dépoussiérant un christ en croix, me regardant, pendant que je gémissais un peu, d'un regard franc, direct, d'un regard si aimant mais si peu amoureux que j'ai voulu en mourir, sur place, de bonheur et de tristesse, de leur accord, enfin scellé.

Le plus souvent, ces épisodes décomplexés, que je laissais survenir mais veillais à bien espacer, se terminaient en pleurs, des pleurs tranquilles, les miens comme ceux d'un gros bébé comprenant que le monde n'est pas à lui, et qu'il n'est pas maman, mais que c'est beau quand même, et sa larme à elle plus discrète, une larme sereine, douce comme un âge d'or. J'étais persuadé de ne pas en rajouter, persuadé que ses réactions prouvaient que tout allait. J'étais persuadé que cette curieuse union, ou son impossibilité, sorte de pendant domestique du mariage de Bob et Leïla à l'hôpital, était une étape nouvelle, confiante, nécessaire en un sens, de nos décennies d'amitié, d'un siècle entier d'affection. J'étais, de tout cela, tellement persuadé que je n'ai pas compris du tout ce qui s'est passé quand ses filles ont débarqué un matin, pris ses trois grosses valises déjà prêtes et, sans que je puisse même la saluer, l'ont emmenée, habiter chez l'une d'elles, apparemment, dans le cinquième arrondissement, m'a dit Bob ensuite.

Bob, lui, a été hospitalisé une semaine plus tard pour une occlusion intestinale, alors qu'il ne m'en avait rien dit, que je n'en avais rien vu. Il a juste trouvé la force, avant l'arrivée du Samu, d'appeler un autre chef de service à Saint-Antoine pour demander à être accueilli au même étage, si possible, que son épouse légitime, Leïla – qui ne l'a jamais vu arriver, retombée la nuit précédente, mais on n'en savait rien non plus, dans un coma profond dont elle n'émergerait sans doute plus. Et voilà, c'est comme ça que je me suis retrouvé seul à Finale Fantaisie. Seul comme un jeune éconduit. Seul comme un prophète oublié. Seul à en crier, mais assez troublé, chaviré et exténué à la fois, par tout ce qui nous était arrivé, l'évidence surtout qui m'était tombée dessus, pour que cette solitude abyssale ne me pèse pas. Pour que je me débrouille très bien tout seul, encore un tout petit peu. Pour que je ne me rende plus compte de grand-chose aussi, ni ne prenne la peine, après deux messages laissés sur leur messagerie, en vain, de savoir ce que devenait mon vieux coloc au ventre ravagé et mon amie adorée qu'on avait préféré m'enlever. M'arracher, plutôt. Je suis resté seul, un survivant légèrement hébété, presque content. Tout m'était égal, cette fois, tout m'est égal – pour de bon. Tous les trois étaient encore un peu là, à peine, Suzanne pas plus qu'un contour de geste, le tracé d'un certain maintien dans la cuisine vide, où je vaquais de plus en plus vaguement. Tous simples émanations, dans les rais de poussière ensoleillés de Finale Fantaisie, de souvenirs sans âge sur le point de se faire oublier.

Et puis le temps s'est espacé. Il s'est dissous. J'ai rétréci, ou le monde autour de moi. Je suis diminué, plus faible encore. Mémoire vide, souffle court. Je vais encore un peu sur ce clavier. De temps en temps. Mais sans pouvoir me souvenir. Sans trouver quoi écrire. Ni faire de phrases. De vraies phrases, je veux dire, comme avant. J'ai du mal maintenant avec les mots longs. Avec les phrases longues. Elles n'arrivent plus à se lancer. Ou elles essaient mais retombent tout de suite. J'aime bien leur bruit quand elles retombent. Comme une chaussure lancée dans la neige. J'ai le souffle court. Les phrases courtes. J'ai la langue essoufflée. Les mots épuisés. Plus la force, ni le temps, des lignes qui bavardent. Qui flânent. S'égayent. C'est fini l'écriture, je note maintenant. Je ne fais plus que noter. Ça me tient en éveil, un peu.

Noter que ça a beaucoup duré.
Que j'écris depuis tant d'années.

Noter que je fais ma tambouille.
La tête flasque. La respiration lourde.
Mais que je suis là.

Noter que je m'assoupis beaucoup.
Que je m'allonge et somnole, d'un coup.
Souvent, très souvent.
Que le micro-ondes sonne, et me réveille.
Sa sonnerie comme l'horloge de mon club de tennis,
   enfant.
Ou alors c'était dans mon rêve.

Noter que je me fonds dans les meubles.
Que j'ai pissé dans le bac à fleurs.
Que je regarde la télé nu sur le canapé.
Que j'ai mis le feu à des papiers dans l'évier.

Je note de moins en moins.
Je note qu'il y a peu de souvenirs, juste des fragments.
Beaucoup d'oublis, tout un magma d'oubli.

Et que Suzanne me manque, terriblement.
Mais qu'on se retrouvera.

Table des matières

Achevé d'imprimer sur Roto-Page
en février 2022
par l'Imprimerie Floch à Mayenne
N° d'éditeur : 2792 – N° d'édition : 435012
N° d'imprimeur : 99852
Dépôt légal : mars 2022

Imprimé en France